詳校官監察御史臣曹

檢討臣何思鈞覆

欽定補繪蕭雲從離騷全圖卷下

九章傳

九章者屈原之所作也屈原於江南之野思君念國憂思罔極故復作九章章者著明也言已所陳忠信之道甚著明也卒不見納委命自沈楚人惜而哀之世論其詞以相傳焉

惜誦以致愍兮發憤以抒情所非忠而言之兮指蒼天以為正令五帝以折中兮戒六神以鄉服俾山川以備御兮會咎繇以聽直竭忠誠以事君兮反離羣而贅肬忘儇媚以背衆兮待明君其知之言與行其可迹兮情與貌其不變故相臣莫若君兮所以證之不遠吾誼先君而後身兮羌衆人之所仇也專惟君而無他兮又衆兆之所讐也壹心而不豫兮羌不可保也疾親君而無他兮有招禍之道也思君其莫我忠兮忽忘身之賤貧事

君而不貳兮迷不知寵之門忠何辠以遇罰兮亦非余之所志也行不羣以顛越兮又衆兆之所咍也紛逢尤以離謗兮謇不可釋也情沈抑而不達兮又蔽而莫之白也心鬱邑余侘傺兮又莫察余之中情固煩言不可結詒兮願陳志而無路退靜默而莫余知兮進號呼又莫吾聞申侘傺之煩惑兮中悶瞀之忳忳昔余夢登天兮魂中道而無杭吾使厲神占之兮曰有志極而無旁終危獨以離異兮曰君可思而不可恃故衆口其鑠金

兮初若是而逢殆懲于羮而吹齏兮何不變此志也欲釋階而登天兮猶有曩之態也衆駭遽以離心兮又何以為此伴也同極而異路兮又何以為此援也申生之孝子兮父信讒而不好行婞直而不豫兮鮌功用而不就吾聞作忠以造怨兮忽謂之過言九折臂而成醫兮吾今而知其然矰弋機而在上兮罻羅張而在下設張辟以娛君兮願側身而無所欲邅回以干傺兮恐重患而離尤欲高飛而遠集兮君罔謂女何之欲横奔而失

路兮堅志而不忍背膺牉其交痛兮心菀結而紆軫擣木蘭以播蕙兮糳申椒以為糧播江離與滋菊兮願春日以為糗芳恐情質之不信兮故重著以自明矯茲媚以私處兮願曾思而遠身

惜誦

余幼好此奇服兮年既老而不衰帶長鋏之陸離兮冠切雲之崔嵬被明月兮佩寶璐世溷濁而莫予知兮吾方高馳而不顧駕青虬兮驂白螭吾與重華遊兮瑶之圃登昆侖兮食玉英與天地兮同壽與日月兮齊光哀南夷之莫我知兮旦余濟于湘江乘鄂渚而反顧兮欸秋冬之緒風步余馬兮山皋邸余車兮方林乘舲船余上沅兮齊吳榜以擊汰船容與而不進兮淹回水而疑滯朝發枉渚兮夕宿辰陽苟余心其端直兮雖僻遠其

何傷入溆浦余邅回兮迷不知吾所如深林杳以冥冥兮乃猨狖之所居山高高而蔽日兮下幽晦以多雨霰雪紛其無垠兮雲霏霏而承宇哀吾生之無樂兮幽獨處乎山中吾不能變心而從俗兮固將愁苦而終窮接輿髡首兮桑扈臝行忠不必用兮賢不必以伍子逢殃兮比干菹醢與前世而皆然兮吾又何怨乎今之人余將董道而不豫兮固將重昬而終身亂曰鸞鳥鳳皇日以遠兮燕雀烏鵲巢堂壇兮露申辛夷死林薄兮腥臊並

御芳不得薄兮陰陽易位時不當兮懷信侘傺忽乎吾

將行兮

涉江

皇天之不純命兮何百姓之震愆民離散而相失兮方仲春而東遷去故鄉而就遠兮遵江夏以流亡出國門而軫懷兮甲之朝吾以行發郢而去閭兮荒忽其焉極楫齊揚以容與兮哀見君而不再得望長楸而太息兮涕淫淫其若霰過夏首而西浮兮顧龍門而不見心嬋媛而傷懷兮眇不知其所蹠順風波以從流兮焉洋洋而為客陵陽侯之氾濫兮忽翺翔而焉薄心絓結而不解兮思蹇產而不釋將運舟而下浮兮上洞庭而下江去終

古之所居兮今逍遥而來東羌靈魂之欲歸兮何須臾而忘反背夏浦而西思兮哀故都之日遠登大墳以遠望兮聊以舒吾憂心哀州土之平樂兮悲江介之遺風當陵陽之焉至兮淼南度之焉如曾不知夏之為邱兮就兩東門之可蕪心不怡之長久兮憂與憂其相接惟郢路之遼遠兮江與夏之不可涉忽若去不信兮至今九年而不復慘鬱鬱而不開兮蹇侘傺而含慼外承歡之汋約兮諶荏弱而難持忠湛湛而願進兮妒披離而

鄣之堯舜之抗行兮杳杳而薄天衆讒人之嫉妬兮被以不慈之偽名憎慍惀之修美兮好夫人之忼慨衆踥蹀而日進兮美超遠而踰邁亂曰曼予目以流觀兮冀壹反之何時鳥飛反故鄉兮狐死必首邱信非吾罪而棄逐兮何日夜而忘之

哀郢

心鬱鬱之憂思兮獨永歎乎曾傷思蹇産之不釋兮曼遭
夜之方長悲夫秋風之動容兮何四極之浮浮數惟蓀
之多怒兮傷余心之懮懮願揺赴而横奔兮覽民尤以
自鎮結微情以陳辝兮矯以遺夫美人昔君與我成言
兮曰黄昏以為期羌中道而回畔兮反既有此他志憍
吾以其美好兮覽余以其脩姱與余言而不信兮盖為
余而造怒願承閒而自察兮心震悼而不敢悲夷猶而
冀進兮心怛傷之憺憺歷兹情以陳辝兮蓀詳聾而不

聞固切人之不媚兮衆果以我為患初吾所陳之耿著
兮豈至今其庸亡何獨樂斯之謇謇兮願蓀美之可完
望三五以為象兮指彭咸以為儀夫何極而不至兮故
遠聞而難虧善不由外來兮名不可以虚作孰無施而
有報兮孰不實而有穫少歌曰與美人之抽思兮并日夜
而無正憍吾以其美好兮敖朕辝而不聽倡曰有鳥自
南兮來集漢北好姱佳麗兮牉獨處此異域既惸獨而
不羣兮又無良媒在其側道逴遠而日忘兮願自申而

不得望南山而流涕兮臨流水而太息望孟夏之短夜兮何晦明之若歲惟郢路之遼遠兮魂一夕而九逝曾不知路之曲直兮南指月與列星願徑逝而不得兮魂識路之營營何靈魂之信直兮人之心不與吾心同理弱而媒不通兮尚不知余之從容亂曰長瀨湍流泝江潭兮狂顧南行以娛心兮軫石崴嵬蹇吾願兮超回志度行隱進兮低回夷猶宿北姑兮煩冤瞀容實沛徂兮愁歎苦神靈遥思兮路遠處幽又無行媒兮道思作頌聊自救兮憂心不遂斯言誰告兮

抽思

滔滔孟夏兮草木莽莽傷懷永哀兮汩徂南土眴兮窈
窈孔靜幽默菀結紆軫兮離慜而長鞠撫情効志兮俛
詘以自抑刓方以為圜兮常度未替易初本迪兮君子
所鄙章畫志墨兮前圖未攺內厚質正兮大人所晟巧
倕不斲兮孰察其揆正元文處幽兮矇謂之不章離婁
微睇兮瞽以為無明變白而為黑兮倒上以為下鳳皇
在笯兮雞鶩翔舞同糅玉石兮一槩而相量夫惟黨人
之鄙固兮羌不知吾所臧任重載盛兮陷滯而不濟懷
瑾握瑜兮窮不知所示邑犬羣吠兮吠所怪也誹駿疑
桀兮固庸態也文質疏內兮衆不知吾之異采材樸委積
兮莫知余之所有重仁襲義兮謹厚以為豐重華不可
遻兮孰知余之從容古固有不並兮豈知其故也湯禹
久遠兮邈不可慕也懲違攺忿兮抑心而自彊離慜而
不遷兮願志之有象進路北次兮日昧昧其將莫舒憂
娛哀兮限之以大故亂曰浩浩沅湘分流汩兮修路幽
蔽道遠忽兮增傷爰哀永歎喟兮世既莫吾知人心不

可謂兮懷情抱質獨無匹兮伯樂既沒驥將焉

思美人兮擥涕而竚眙媒絶路阻兮言不可結而詒蹇
蹇之煩寃兮陷滯而不發申旦以舒中情兮志沈菀而
莫達願寄言于浮雲兮遇豐隆而不將因歸鳥而致辞
兮乃迅高而難當高辛之靈晟兮遭元鳥而致貽欲變
節以從俗兮媿易初而屈志獨歷年而離愍兮羌馮心
猶未化寧隱閔而壽考兮何變易之可為知前轍之不
遂兮未改此度車既覆而馬顛兮蹇獨懷此異路勒騏
驥而更駕兮造父為我操之遷逡次而勿驅兮聊假日以

須時指嶓冢之西隈兮與纁黄以為期開春發歲兮白
日出之悠悠吾將蕩志而愉樂兮遵江夏以娛憂擥大
薄之芳茝兮搴長洲之宿莽惜吾不及古人兮吾誰與
玩此芳草解篇薄與雜菜兮備以為交佩佩繽紛其繚
轉兮遂萎絶而離異吾且邅回以娛憂兮觀南人之變
態竊快在中心兮揚厥馮而不竢芳與澤其雜糅兮羌
芳華自中出紛郁郁其遠烝兮滿内而外揚情與質信
可保兮羌重蔽而聞章令薜荔以為理兮憚舉趾而緣

木因芙蓉而為媒兮憚褰裳而濡足登高吾不說兮
入下吾不能固朕形之不服兮然容與而狐疑廣遂前
畫兮未改此度也命則處幽吾將罷兮願及白日之未
莫也獨煢煢而南行兮思彭咸之故也

思美人

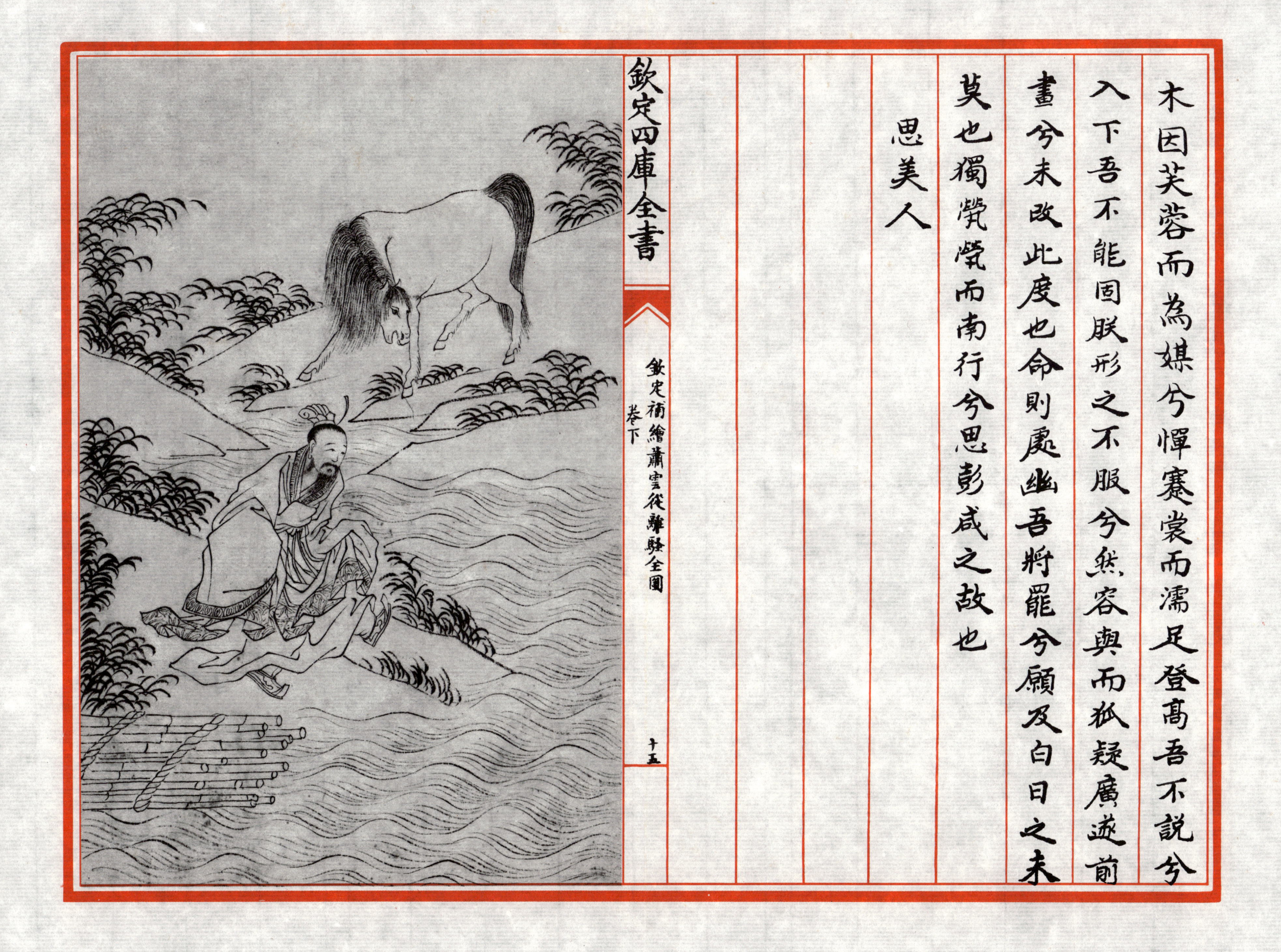

惜往日之曾信兮受命詔以昭時奉先功以照下兮明
法度之嫌疑國富彊而法立兮屬貞臣而日娭秘密事
之載心兮雖過失猶弗治心純龐而不泄兮遭讒人而
嫉之君含怒而待臣兮不清澂其然否蔽晦君之聰明
兮虛惑誤又以欺弗參驗以考實兮遠遷臣而弗思信
讒諛之溷濁兮盛氣志而過之何貞臣之無辠兮被讟
謗而見尤慙光景之誠信兮身幽隱而備之臨江湘之
元淵兮遂自忍而沈流卒沒身而絕名兮惜雝君之不

昭君無度而弗察兮使芳草為藪幽焉舒情而抽信兮
恬死亡而不聊獨鄣雝而蔽隱兮使貞臣為無由聞百
里之為虜兮伊尹烹于庖廚呂望屠于朝歌兮甯戚歌
而飯牛不逢湯武與桓繆兮世孰云而知之吳信讒而
弗味兮子胥死而後憂介子忠而立枯兮文君寤而追
求封介山而為之禁兮報大德之優游思久故之親身
兮因縞素而哭之或忠信而死節兮或訑謾而不疑弗
省察而按實兮聽讒人之虛辭芳與澤其雜糅兮孰申

旦而別之何芳草之早夭兮微霜降而下戒諒聰不明
而蔽雝兮使讒諛而日得自前世之嫉賢兮謂蕙若其
不可佩妬娃治之芬芳兮嫫母姣而自好雖有西施之
美容兮讒妒入以自代願陳情以白行兮得罪過之不意
情冤見之日明兮如列宿之錯置乘騏驥而馳騁兮
無轡銜而自載乘氾泭以下流兮無舟楫而自備背法
度而心治兮辟與此其無異寧溘死而流亡兮恐禍殃
之有再不畢辭而赴淵兮惜雝君之不識

惜往日

后皇嘉樹橘徠服兮受命不遷生南國兮深固難徙更壹志兮緑葉素榮紛其可喜兮曾枝剡棘圜實摶兮青黄雜糅文章爛兮精色内白類任道兮紛緼宜修姱而不醜兮嗟爾幼志有以異兮獨立不遷豈不可喜兮深固難徙廓其無求兮蘇世獨立横而不流兮閉心自慎終不過失兮秉德無私參天地兮願歲并謝與長友兮淑離不淫梗其有理兮年歲雖少可師長兮行比伯夷置以為象兮

橘頌

悲回風之搖蕙兮心菀結而內傷物有微而隕性兮聲有隱而先倡夫何彭咸之造思兮暨志介而不忘萬變其情豈可蓋兮孰虛偽之可長鳥獸鳴以號羣兮草苴比而不芳魚葺鱗以自別兮蛟龍隱其文章故荼薺不同畝兮蘭茝幽而獨芳惟佳人之永都兮更統世以自況渺遠志之所及兮憐浮雲之相羊介眇志之所惑兮竊賦詩之所明惟佳人之獨懷兮折芳椒以自處曾歔欷之嗟嗟兮獨隱伏而思慮涕泣交而淒淒兮思不眠

而極曙終長夜之漫漫兮掩此哀而不去寤從容以周流兮聊逍遙以自恃傷太息之愍憐兮氣於邑而不可止糺思心以為纕兮編愁苦以為膺折若木以蔽光兮隨飄風之所仍存髣髴而不見兮心踊躍其若湯撫珮衽以案志兮超惘惘而遂行歲曶曶其若頹兮時亦冉冉而將至薠蘅槁而節離兮芳已歇而不比憐思心之不可懲兮證此言之不可聊寧溘死而流亡兮不忍此心之常愁孤子唫而抆淚兮放子出而不還孰能思而

不隱兮昭彭咸之所聞登石巒以遠望兮路眇眇之默
默入景響之無應兮聞省想而不可得愁鬱鬱之無快
兮居戚戚而不可解心鞿羈而不開兮氣繚轉而自締
穆眇眇之無垠兮莽芒芒之無儀聲有隱而相感兮物
有純而不可為藐曼曼之不可量兮縹綿綿之不可紆
愁悄悄之常悲兮翩冥冥之不可娛陵大波而流風兮
託彭咸之所居上高巖之峭岸兮處雌蜺之標顛據青
冥而攄虹兮遂儵忽而捫天吸湛露之浮涼兮漱凝霜
之雰雰依風穴以自息兮忽傾寤以嬋媛馮昆侖以瞰
霧兮隱岐山以清江憚涌湍之磕磕兮聽波聲之洶洶
紛容容之無經兮罔芒芒之無紀軋洋洋之無從兮馳
委移之焉止飄幡幡其上下兮翼遙遙其左右氾潏潏
其前後兮伴張弛之信期觀炎氣之相仍兮窺煙液之
所積悲霜雪之俱下兮聽潮水之相擊借光景以往來
兮施黃棘之枉策求介子之所存兮見伯夷之放迹心
調度而不去兮刻著志之無適曰吾怨往昔之所冀兮

悼來者之悐悐浮江淮而入海兮從子胥而自適望大河之洲渚兮悲申徒之抗迹驟諫君而不聽兮任重石之何益心絓結而不解兮思蹇産而不釋

悲回風

遠遊傳

遠遊者屈原之所作也屈原履方直之行不容於世上為讒佞所譖毀下為俗人所困極章皇山澤無所告訴乃深惟元一修執恬漠思欲濟世則意中憤然文采秀發遂叙妙思託配仙人與俱遊戲周歷天地無所不到然猶懷念楚國思慕舊故忠信之篤仁義之厚也是以君子珍重其志而瑋其辭焉

悲時俗之迫阨兮願輕舉而遠遊質菲薄而無因兮焉託乘而上浮遭沈濁之汚穢兮獨欝結其誰語夜耿耿而不寐兮魂營營而至曙惟天地之無窮兮哀人生之長勤往者予弗及兮來者予弗聞步徙倚而遥思兮怊惝怳而乖懷意恍惚而流蕩兮心愁悽而增悲神儵忽而不反兮形枯槁而獨留內惟省以端操兮求正氣之所由漠虛靜以恬愉兮澹無為而自得聞赤松之清塵兮願承風乎遺則貴至人之休德兮美往世之登仙與化去而不見兮名聲著而日延奇傅說之託辰星兮羨韓衆之得一形穆穆以寖遠兮離人羣而遁逸因氣變而遂曾舉兮忽神奔而鬼怪時髣髴以遥見兮精皎皎而往來絕氛埃而淑郵兮終不反乎故都免衆患而不懼兮世莫知其所如恐天時之代序兮耀靈曄而西征微霜降而下淪兮悼芳草之先零聊仿佯而逍遥兮永歷年而無成誰可與玩斯遺芳兮長鄉風而舒情高陽邈以遠兮予將焉所程重曰春秋忽其不淹兮奚久留此

故居軒轅不可攀援兮吾將從王喬而娛戲餐六氣而飲沆瀣兮漱正陽而含朝霞保神明之清澂兮精氣入而麤穢除順凱風以從遊兮至南巢而壹息見王子而宿之兮審壹氣之和德曰道可受兮不可傳其小無内兮其大無垠無滑而魂兮彼將自然壹氣孔神兮於中夜存虛以待之兮無為之先庶類以成兮此德之門聞至貴而遂徂兮忽乎吾將行仍羽人於丹邱兮留不死之舊鄉朝濯髮于湯谷兮夕晞余身乎九陽吸飛泉之

微液兮懷琬琰之華英玉色頩以脕顏兮精醇粹而始壯質銷鑠以汋約兮神要眇以淫放嘉南州之炎德兮麗桂樹之冬榮山蕭條而無獸兮野寂漠其無人載營魄而登霞兮掩浮雲而上征命天閽其開關兮排閶闔而望予召豐隆使先導兮問太微之所居集重陽入帝宮兮造旬始而觀清都朝發軔于太儀兮夕始臨乎於微閭屯予車之萬乘兮紛容與而並馳駕八龍之婉婉兮載雲旗之委移建雄虹之采旄兮五色雜而炫燿服

偃蹇以低昂兮驂連蜷以驕傲

騎膠葛以雜亂兮班漫衍而方行撰予轡而正策兮吾將過乎句芒歷太皞以右轉兮前飛廉以啓路陽杲杲其未光兮陵天地以徑度

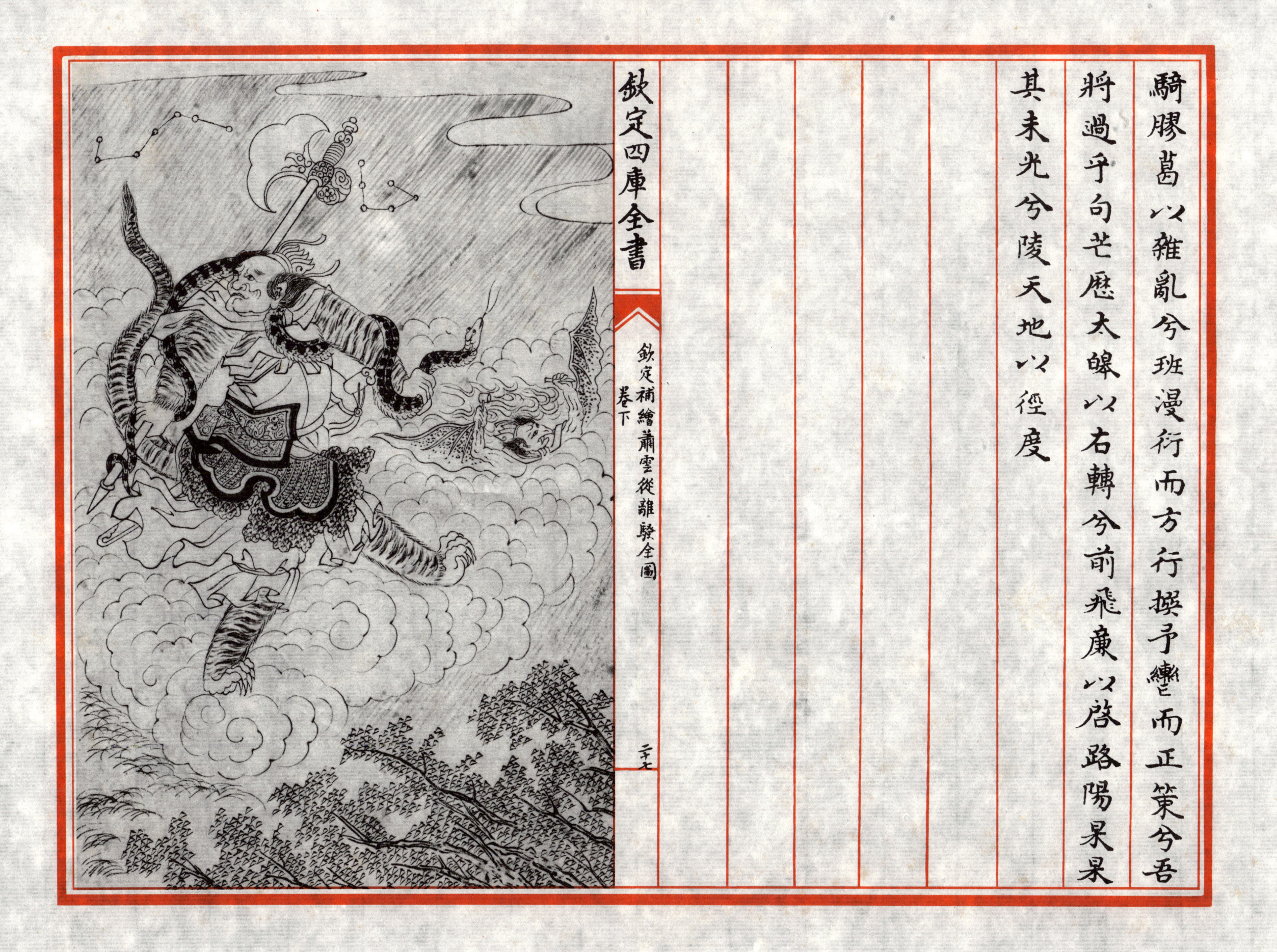

風伯為予先驅兮氛埃辟而清涼鳳皇翼其承旗兮遇蓐收乎西皇擎彗星以為旍兮舉斗柄以為麾判陸離其上下兮遊驚霧之流波時曖曃其曭莽兮召元武而奔屬後文昌使掌行兮選署衆神以並轂路曼曼其修遠兮徐弭節而高厲左雨師使徑侍兮右雷公以為衛欲度世以忘歸兮意恣睢以担撟內欣欣而自美兮聊媮娛以淫樂

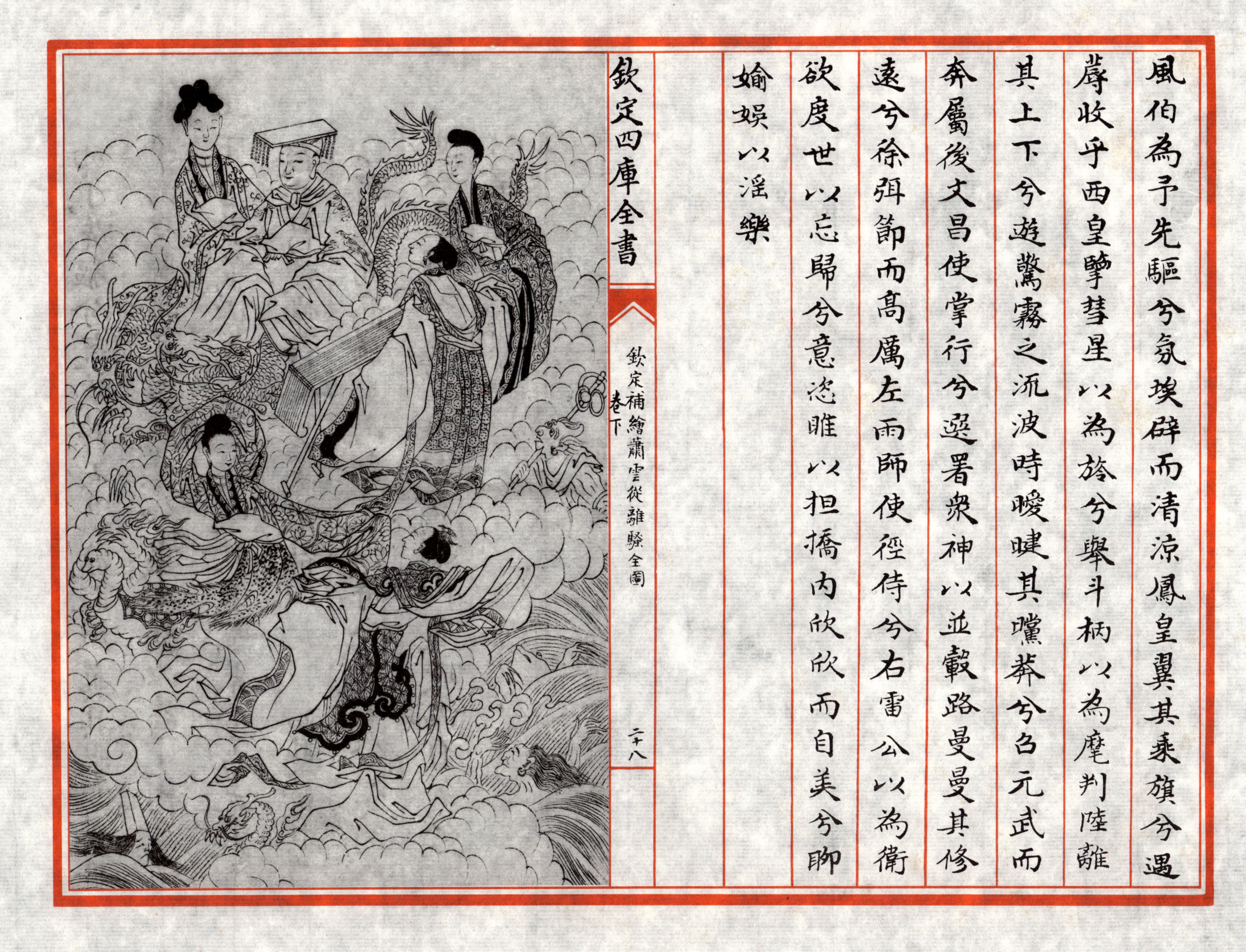

涉青雲以汎濫兮忽臨睨夫舊鄉僕夫懷予心悲兮邊馬顧而不行思舊故而想像兮長太息而掩涕汜容與而遐舉兮聊抑志而自弭指炎帝而直馳兮吾將往乎南疑覽方外之荒忽兮沛罔瀁而自浮祝融戒而蹕禦兮騰告鸞鳥迎宓妃張咸池奏承雲兮二女御九韶歌使湘靈鼓瑟兮令海若舞馮夷列螭象而並進兮形蟉蚪而委移雌蜺便娟以曾撓兮鸞鳥軒翥而翔飛音學博衍無終極兮焉乃逝以裵回

舒并節以馳騖兮逴絶垠乎寒門軼迅風于清原兮從顓頊乎曾冰歷元冥以邪徑兮乘間維以反顧召黔嬴而見之兮為予先乎平路經營四荒兮周流六漠上至列缺兮降望大壑下峥嶸而無地兮上寥廓而無天視儵忽而無見兮聽惝怳而無聞超無為以至清兮與太初而為鄰

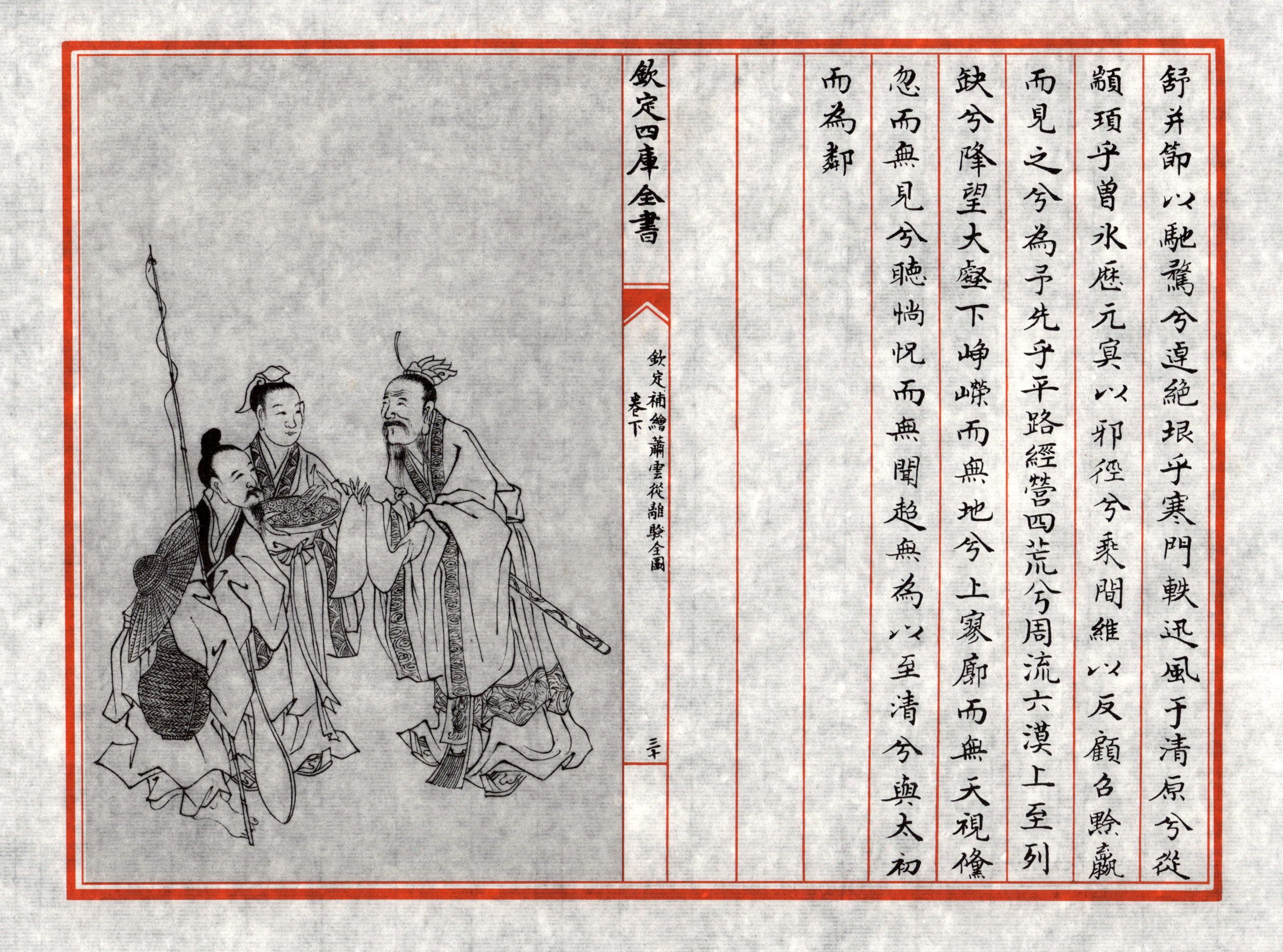

卜居傳

卜居者屈原之所作也屈原履忠貞之性而見嫉妬念讒佞之臣承君順非而蒙富貴已執忠直而身放棄心迷意惑不知所為乃往至太卜之家稽問神明決之蓍龜卜己居世何所宜行冀聞異策以定嫌疑故曰卜居也

漁父傳

漁父者屈原之所作也屈原放在江湘之間憂愁歎

吟儀容變易而漁父避世隱身釣魚江濵欣然自樂時遇屈原川澤之域怪而問之遂相應答楚人思念屈原因叙其辭以相傳焉

屈原既放三年不得復見竭知盡忠而蔽鄣於讒心煩慮亂不知所從乃往見太卜鄭詹尹曰余有所疑原因先生決之詹尹乃端策拂龜曰君將何以教之屈原曰吾寧悃悃款款朴以忠乎將送往勞來斯無窮乎寧誅鋤草茅以力耕乎將游大人以成名乎寧正言不諱以危身乎將從俗富貴以媮生乎寧超然高舉以保真乎將哫訾慄斯喔咿儒兒以事婦人乎寧廉潔正直以自清乎將突梯滑稽如脂如韋以潔楹乎寧昂昂若千里之駒乎將氾氾若水中之鳧與波上下偷以全吾軀乎寧與騏驥亢軛乎將隨駑馬之迹乎寧與黃鵠比翼乎將與雞鶩爭食乎此孰吉孰凶何去何從世溷濁而不清蟬翼為重千鈞為輕黃鐘毀棄瓦釜雷鳴讒人高張賢士無名吁嗟默默兮誰知吾之廉貞詹尹乃釋策而謝曰夫尺有所短寸有所長物有所不足智有所不明數有所不逮神有所不通用君之心行君之意龜策誠不能知此事

卜居

屈原既放遊於江潭行吟澤畔顏色憔悴形容枯槁漁父見而問之曰子非三閭大夫與何故至於斯屈原曰舉世皆濁而我獨清衆人皆醉而我獨醒是以見放漁父曰夫聖人者不凝滯於物而能與世推移舉世皆濁何不淈其泥而揚其波衆人皆醉何不餔其糟而歠其醨何故懷瑾握瑜而自令見放為屈原曰吾聞之新沐者必彈冠新浴者必振衣安能以身之察察受物之汶

汶者乎寧赴相流葬於江魚之腹中又安能以皓皓之白而蒙世俗之塵埃乎漁父莞爾而笑鼓枻而去歌曰滄浪之水清兮可以濯吾纓滄浪之水濁兮可以濯吾足遂去不復與言

漁父

招魂傳

招魂者宋玉之所作也招者名也以手曰招以言曰名魂者身之精也宋玉憐哀屈原忠而斥棄愁懣山澤魂魄放佚厥命將落故作招魂欲以復其精神延其年壽外陳四方之惡内崇楚國之美以諷諫懷王冀其覺悟而還之也

朕幼清以廉潔兮身服義而未沬主此盛德兮牽於俗而蕪穢上無所考此盛德兮長離殃而愁苦帝告巫陽曰有人在下我欲輔之魂魄離散汝筮予之巫陽對曰掌夢上帝其命難從若必筮予之恐後之謝不能復用巫陽焉乃下招曰魂兮歸來去君之恒幹何為乎四方些舍君之樂處而離彼不祥些

魂兮歸來東方不可以託些長人千仞惟魂是索些十日代出流金鑠石些彼皆習之魂往必釋些歸來歸來不可以託些

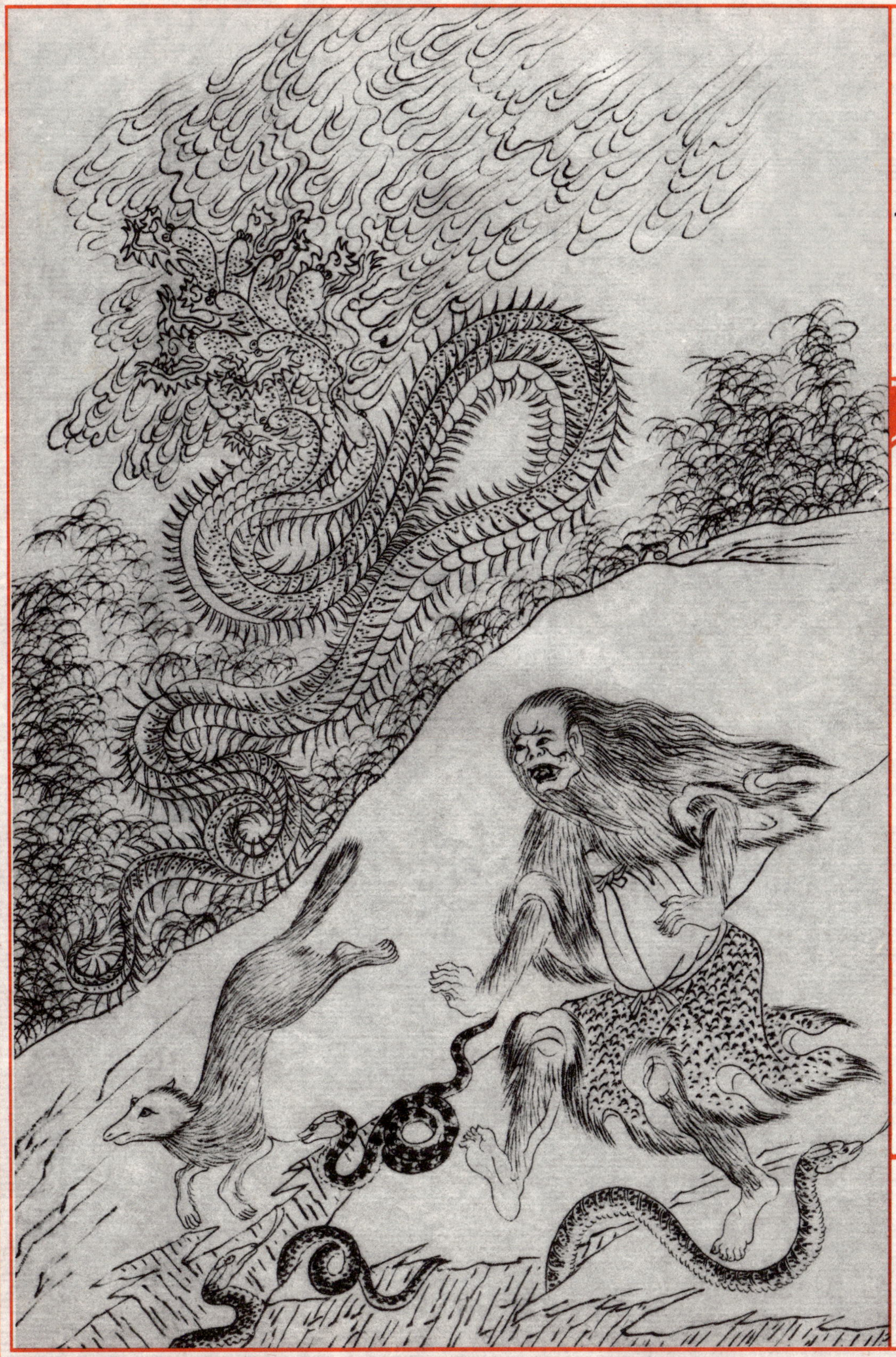

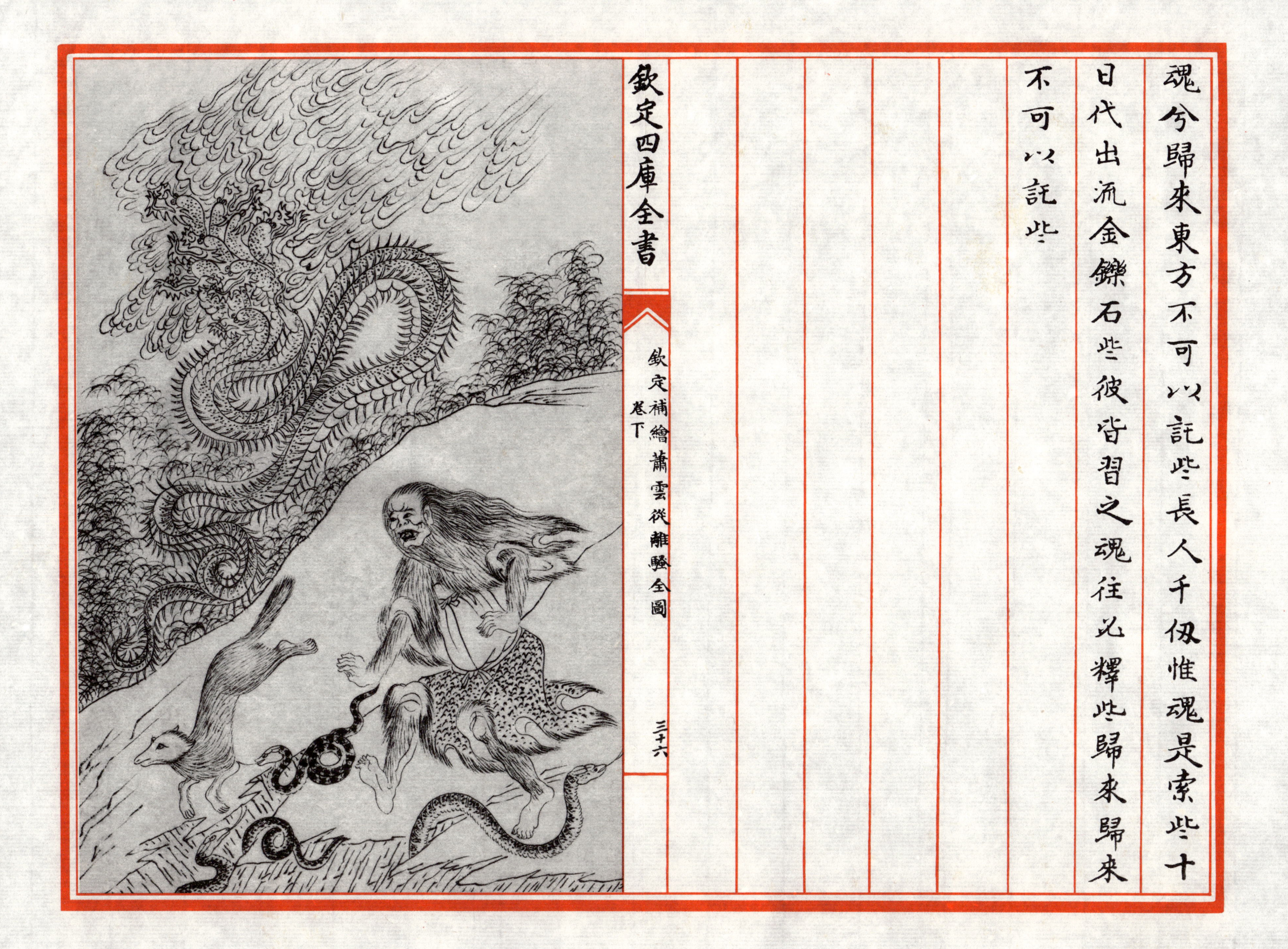

魂兮歸來南方不可以止些雕題黑齒得人肉以祀以
其骨為醢些蝮蛇蓁蓁封户千里些雄虺九首往來儵
忽吞人以益其心些歸來歸來不可以久淫些

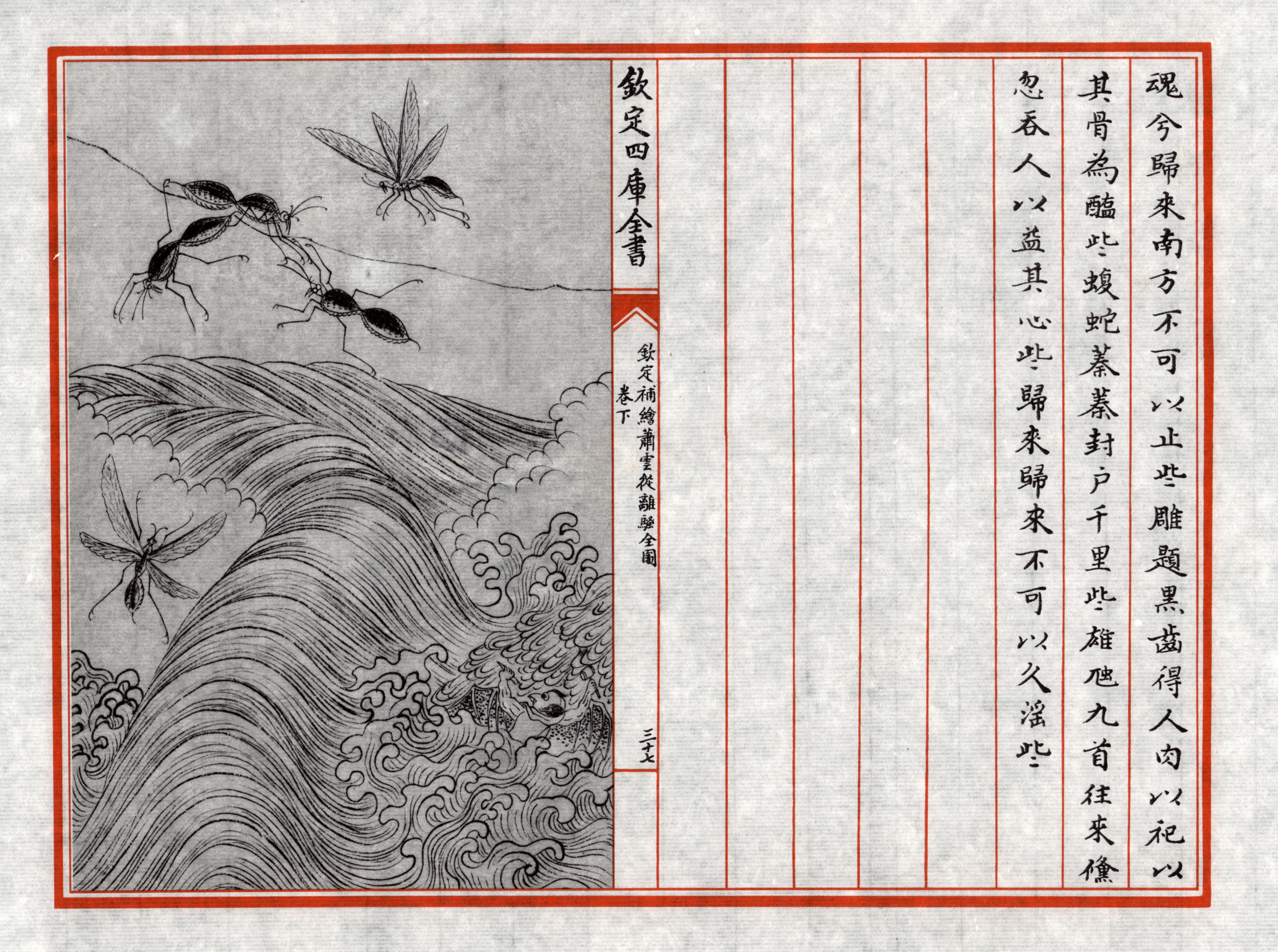

魂兮歸來西方之害流沙千里些旋入雷淵爢散而不可止些幸而得脫其外曠宇些赤蟻若象元蠭若壺些五穀不生藂菅是食些其土爛人求水無所得些彷徉無所倚廣大無所極些歸來歸來恐自遺賊些

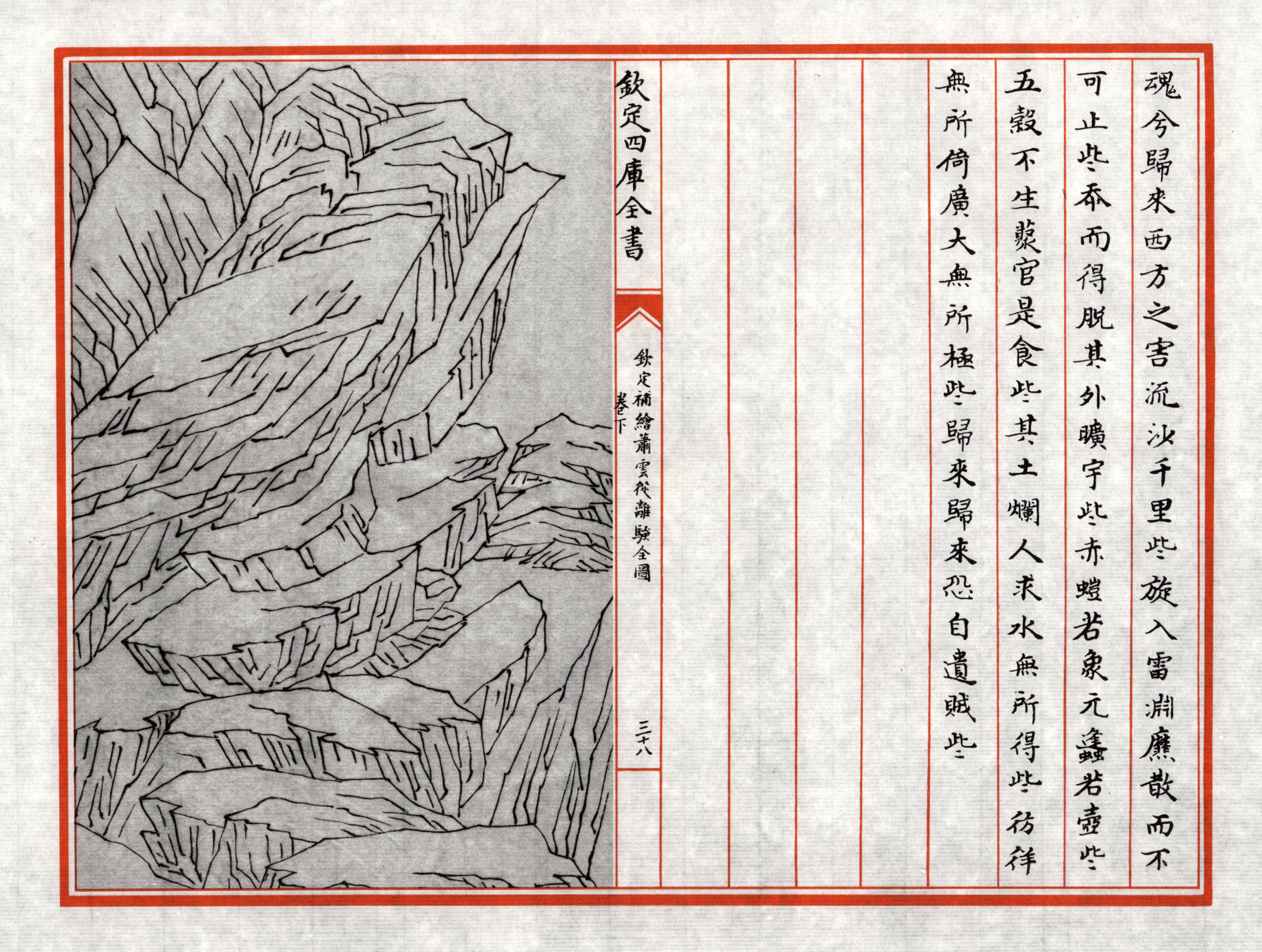

魂兮歸來北方不可以止些增冰峨峨飛雪千里些歸來歸來不可以久些

魂兮歸来君無上天些虎豹九關啄害下人些一夫久首拔木九千些豺狼從目往来侁侁些懸人以娭投之深淵些致命於帝然後得瞑些歸来往恐危身些

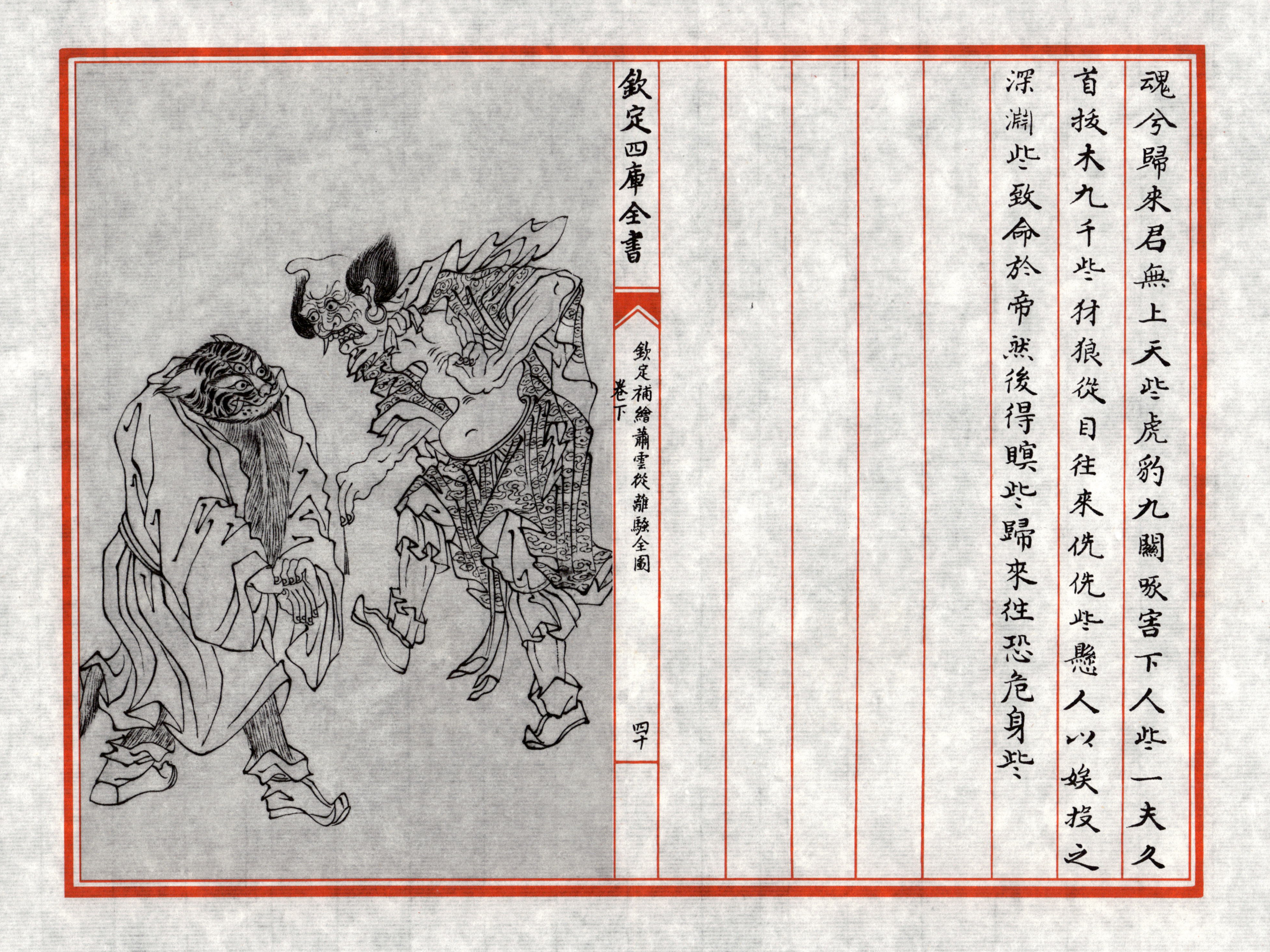

魂兮歸來君無下此幽都些土伯九約其角觺觺些敦脄血拇逐人駓駓些參目虎首其身若牛些此皆甘人

歸來歸來恐自遺災些

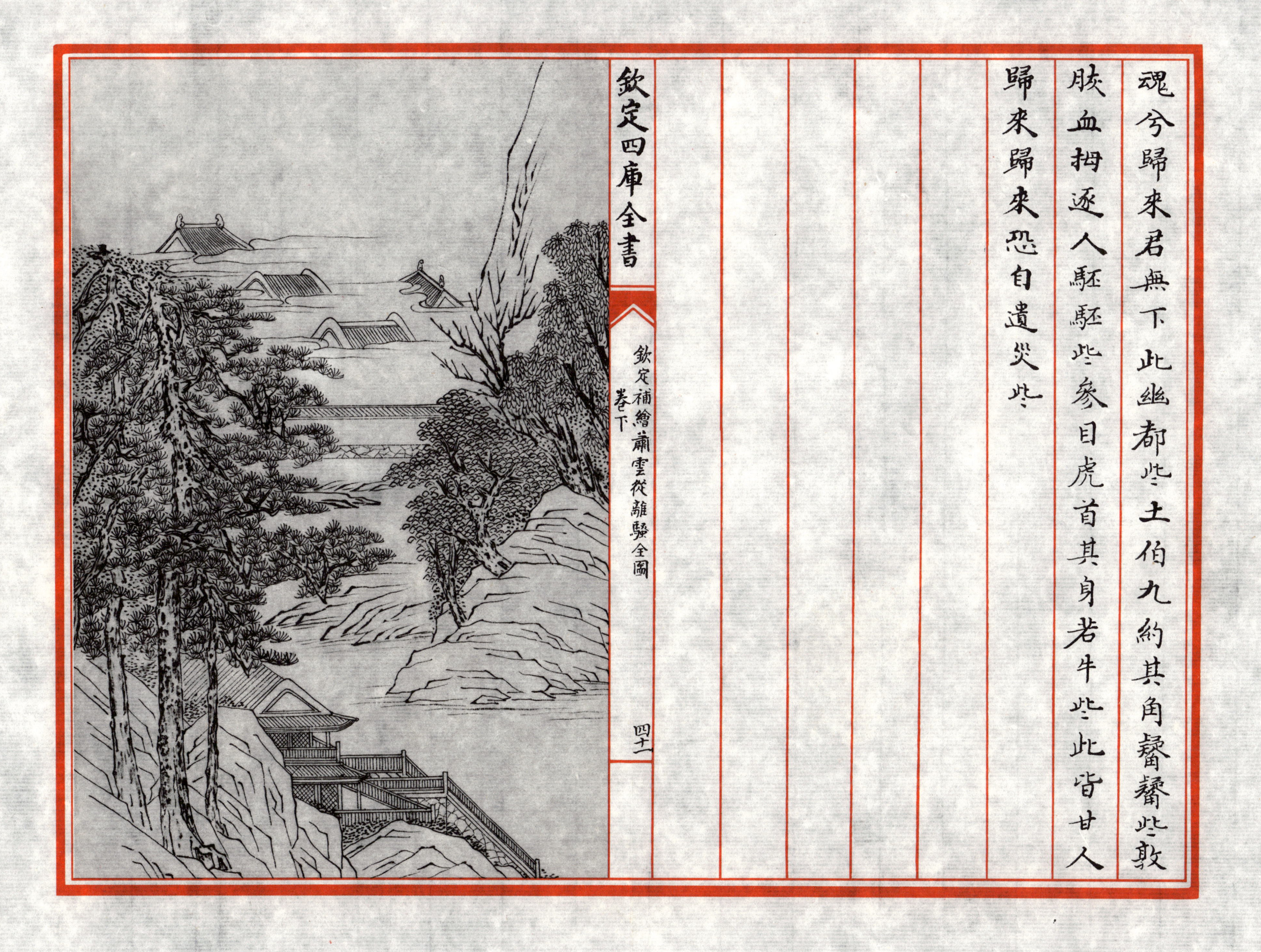

魂兮歸來入修門些工祝招君背行先些秦篝齊縷鄭綿絡些招具該備永嘯呼些魂兮歸來反故居些天地四方多賊姦些像設君室靜閒安些高堂邃宇檻層軒些層臺累榭臨高山些網戶朱綴刻方連些冬有突廈夏室寒些川谷徑復流潺湲些光風轉蕙氾崇蘭些經堂入奧朱塵筵些砥室翠翹挂曲瓊些翡翠珠被爛齊光些弱阿拂壁羅幬張些纂組綺縞結琦璜些

室中之觀多珍怪些蘭膏明燭華容備些二八侍宿射
遞代些九侯淑女多迅衆些盛鬋不同制實滿宮些容
態好比順彌代些弱顔固植謇其有意些姱容修態絙
洞房些蛾眉曼睩目騰光些靡顔膩理遺視矊些

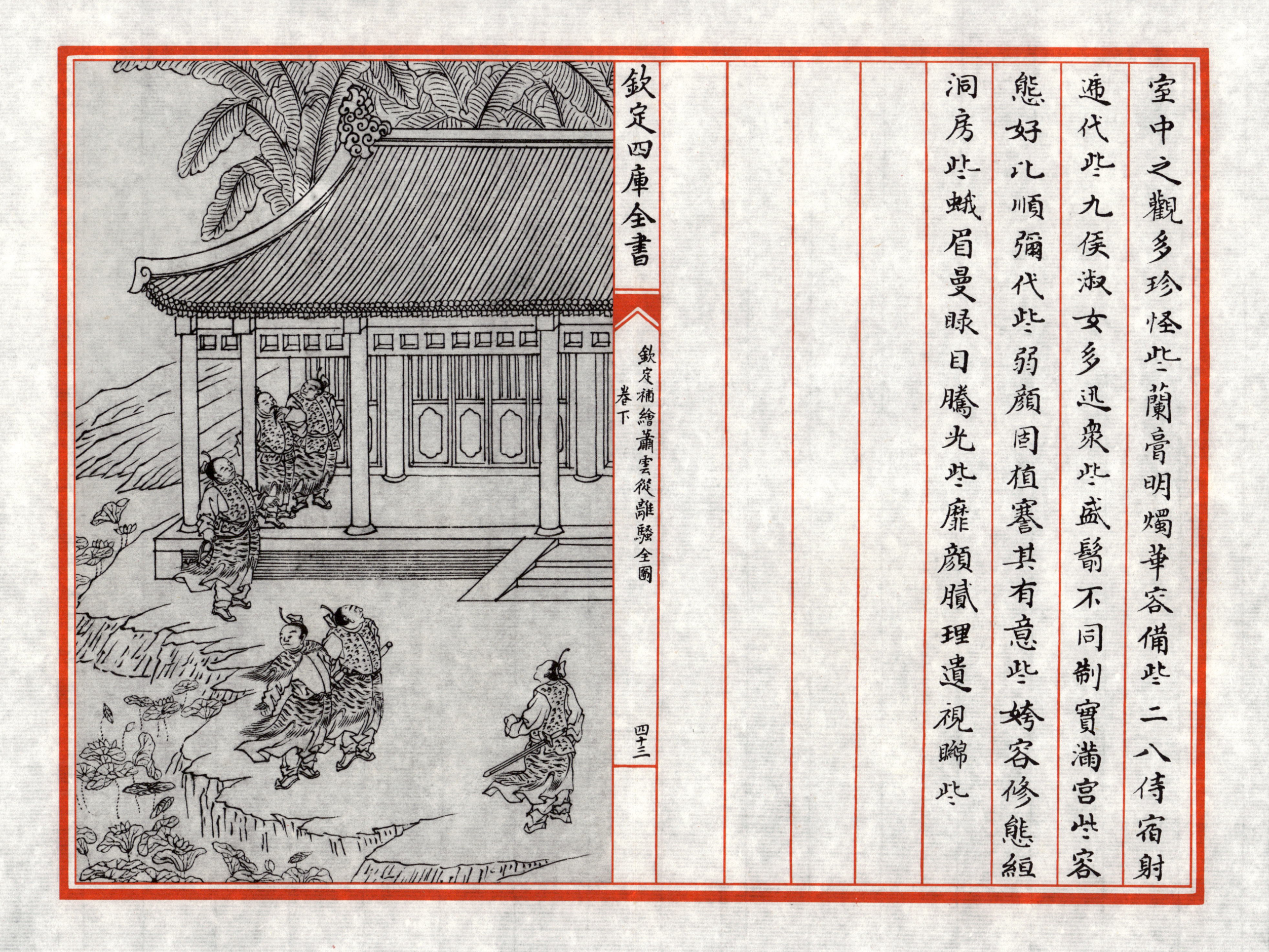

離榭脩幕侍君之閒些翡帷翠帳飾高堂些紅壁沙版元玉之梁些仰觀刻桷畫龍蛇些坐堂伏檻臨曲池些芙蓉始發雜芰荷些紫莖屏風文緣波些文異豹飾侍陂陁些軒輬既低步騎羅些蘭薄戶樹瓊木籬些魂兮歸來何遠為些

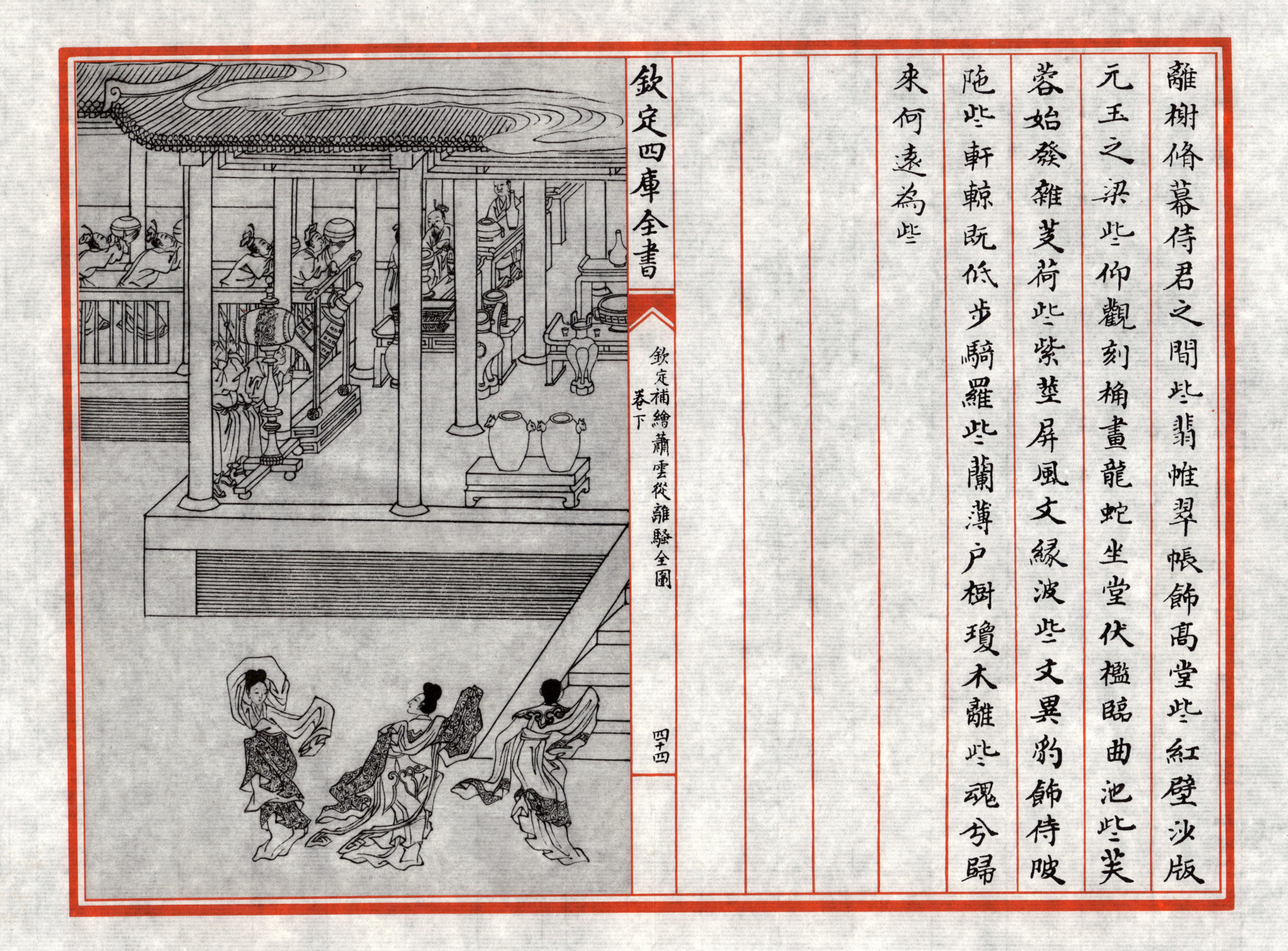

室家遂宗日多方些稻粢穱麥挐黃粱些大苦鹹酸辛甘行些肥牛之腱臑若芳些和酸若苦陳吳羹些臑鼈炮羔有拓漿些鵠酸臇鳧煎鴻鶬些露雞臛蠵厲而不爽些粔籹蜜餌有餦餭些瑤漿蜜勺實羽觴些挫糟凍飲酎清涼些華酌既陳有瓊漿些歸反故室敬而無妨些肴羞未通女樂羅些敶鐘按鼓造新歌些涉江采菱發揚荷些美人既醉朱顏酡些娭光眇視目曾波些被文服纖麗而不奇些長髮曼鬋豔陸離些二八齊容起鄭舞些衽若交竿撫案下些竽瑟狂會搷鳴鼓些宮庭震驚發激楚些吳歈蔡謳奏大呂些士女雜坐亂而不分些放敶組纓班其相紛些鄭衛妖玩來雜陳些激楚之結獨秀先些

箟蔽象棊有六博些分曹並進遒相迫些成梟而牟呼五白些晉制犀比費白日些鏗鍾搖簴揳梓瑟些娛酒不廢沈日夜些蘭膏明燭華鐙錯些結撰至思蘭芳假些人有所極同心賦些酎飲盡歡樂先故些魂兮歸來反故居些

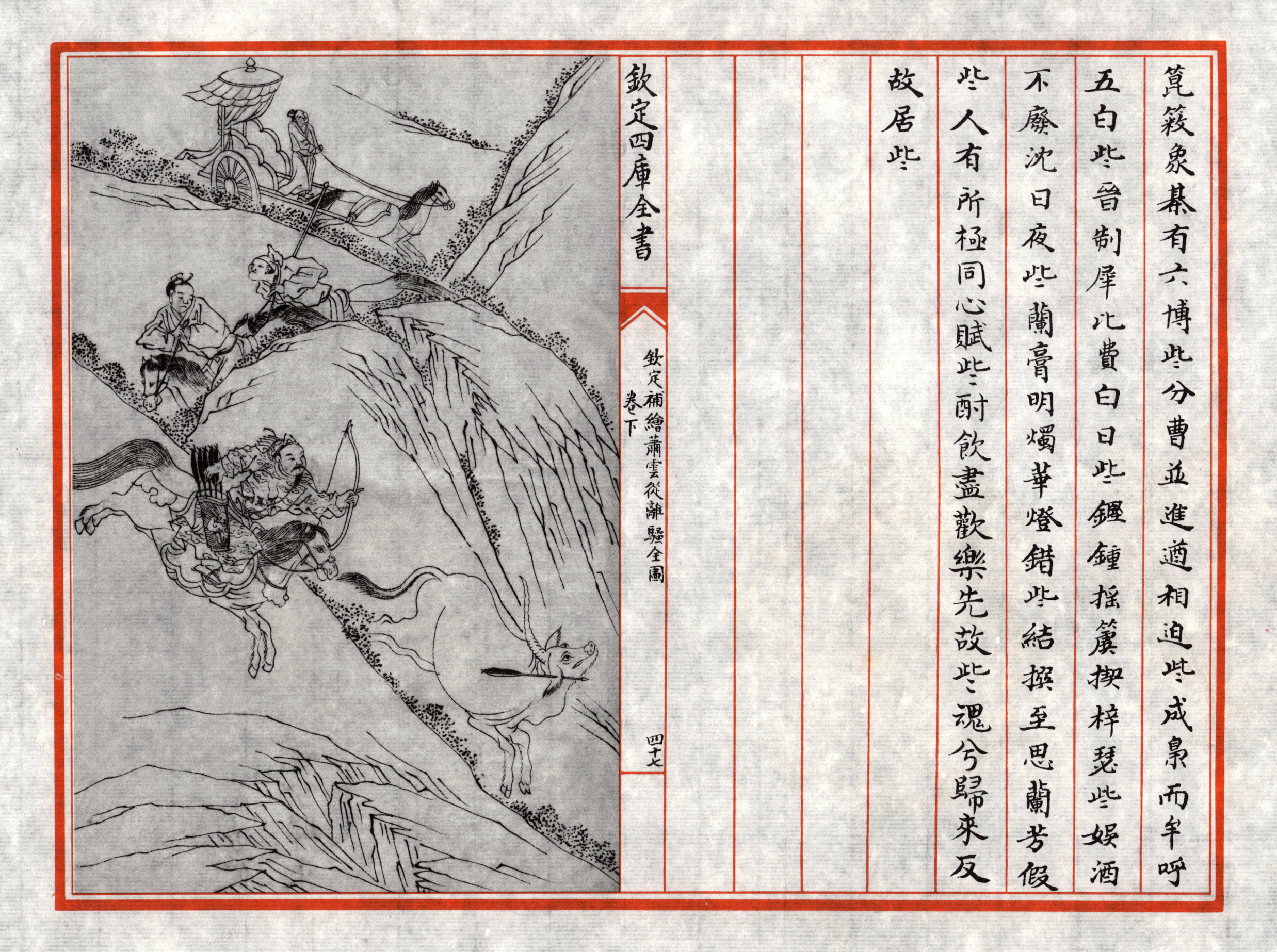

亂曰獻歲發春兮汩吾南征菉蘋齊葉兮白芷生路貫廬江兮左長薄倚沼畦瀛兮遥望博青驪結駟兮齊千乘懸火延起兮元顏烝步及驟處兮誘騁先抑鶩若通兮引車右還與王趨夢兮課後先君王親發兮憚青兕朱明承夜兮時不可掩皋蘭被徑兮斯路漸湛湛江水兮上有楓目極千里兮傷春心魂兮歸來哀江南

大招傳

大招者屈原之所作也或曰景差疑不能明也屈原放流九年憂思煩亂精神散越與形離別恐命將終所行不遂故憤然大招其魂盛稱楚國之樂崇懷襄之德以比三王能任用賢公卿明察能薦舉人宜輔佐之以興至治因以風諫達已之志也

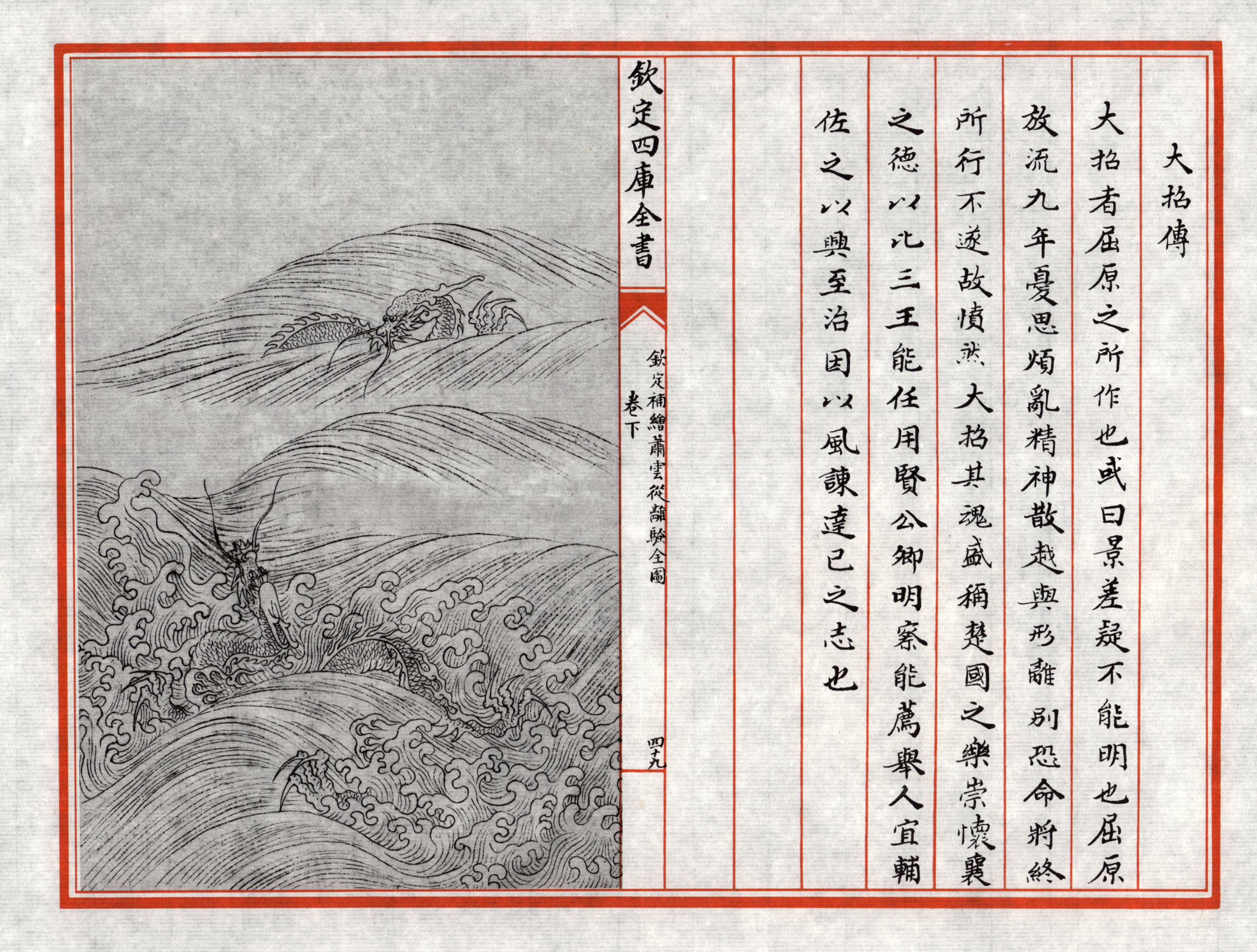

青春受謝白日昭只春氣奮發萬物遽只冥淩浹行魂
無逃只魂魄歸徠無遠遥只魂乎歸徠無東無西無南
無北東有大海溺水浟浟只螭龍並流上下悠悠只霧
雨淫淫白皓膠只魂乎無東湯谷寂寥只

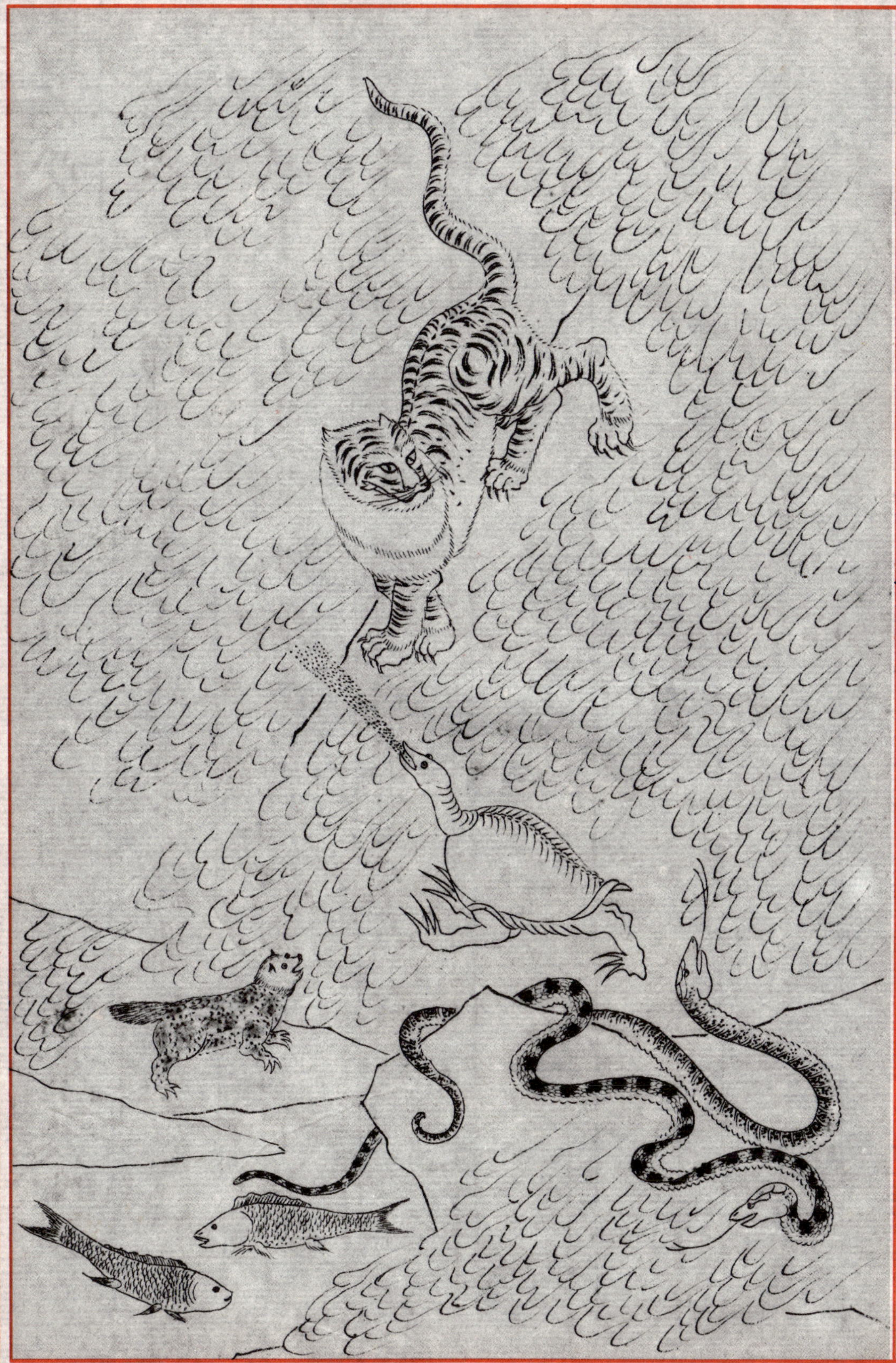

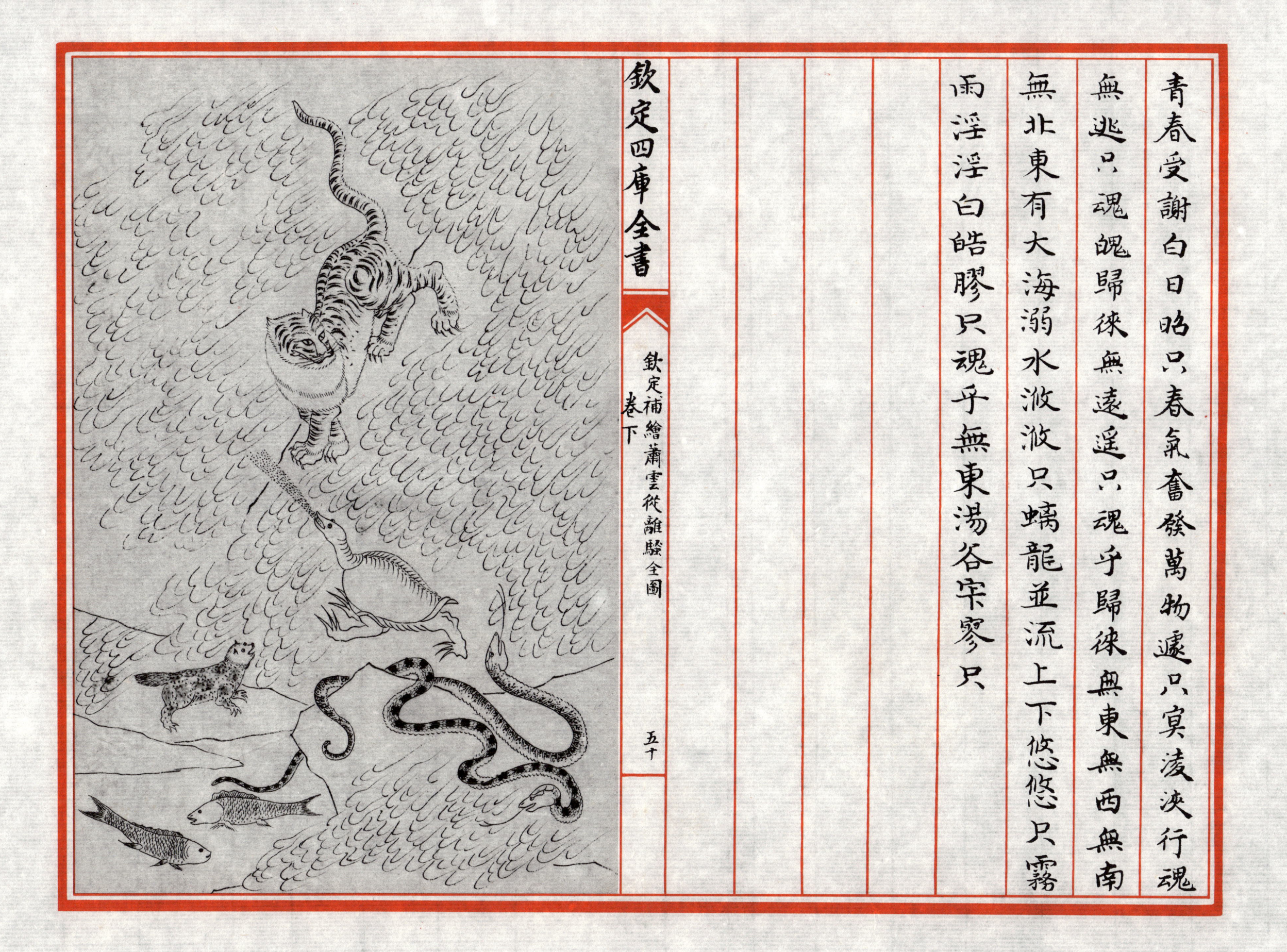

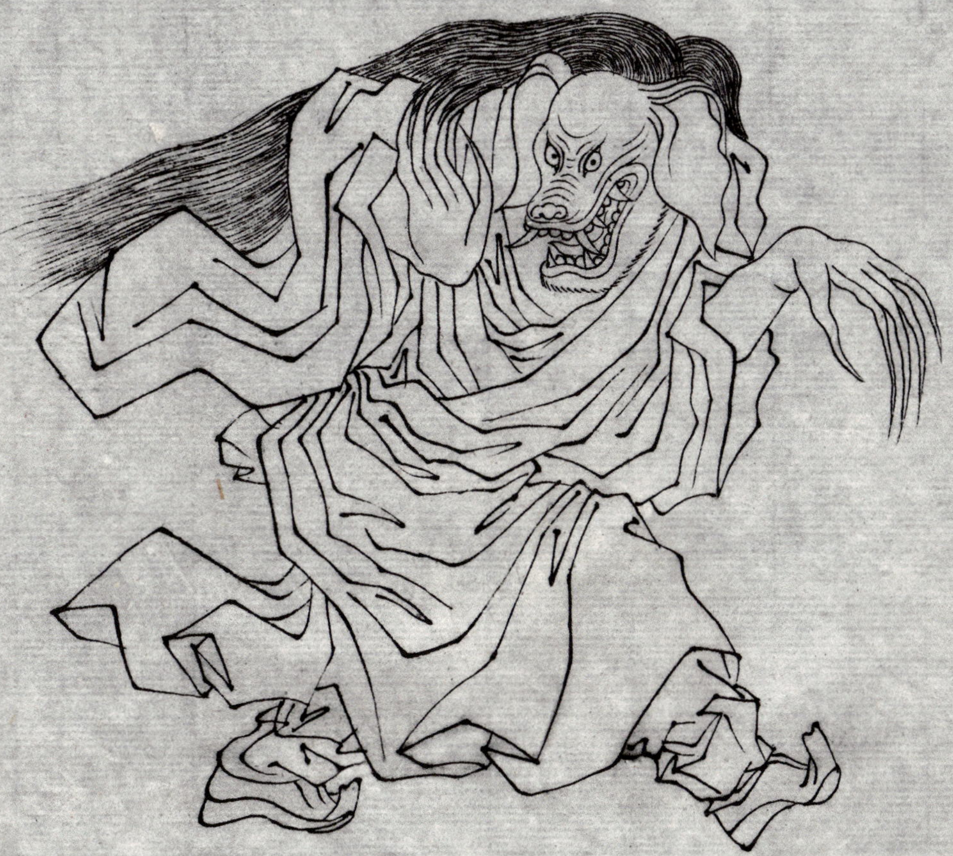

魂乎無南南有炎火千里蝮蜿蜒只山林險隘虎豹蛇
只鰅鱅短狐王虺騫只魂乎無南蜮傷躬只

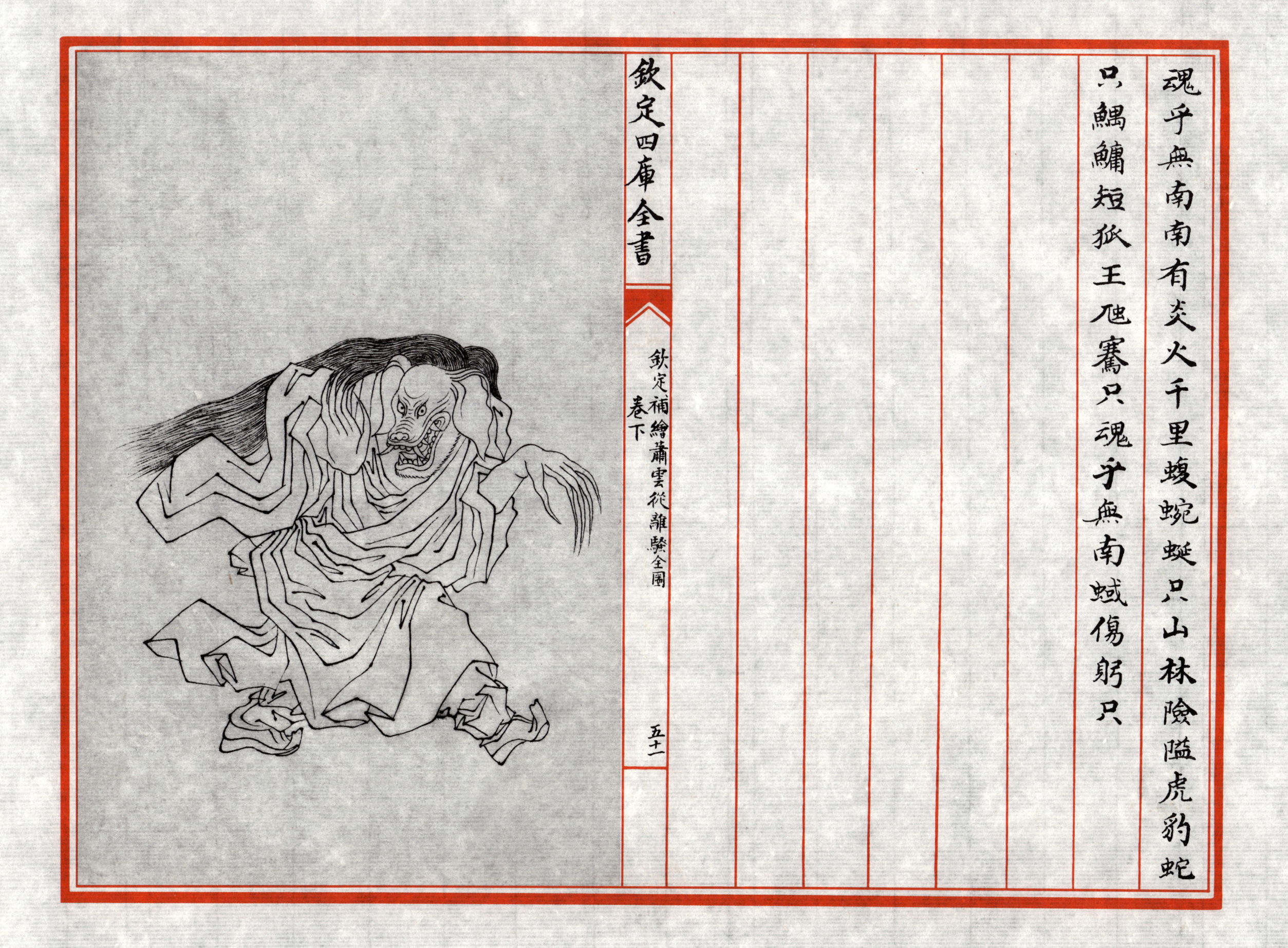

魂乎無西西方流沙漭洋洋只豕首縱目被髮鬤只長
爪踞牙誒笑狂魂乎無西多害傷只

魂乎無北北有寒山逴龍赩只代水不可涉深不可測
只天白顥顥寒凝凝只魂乎無往盈北極只

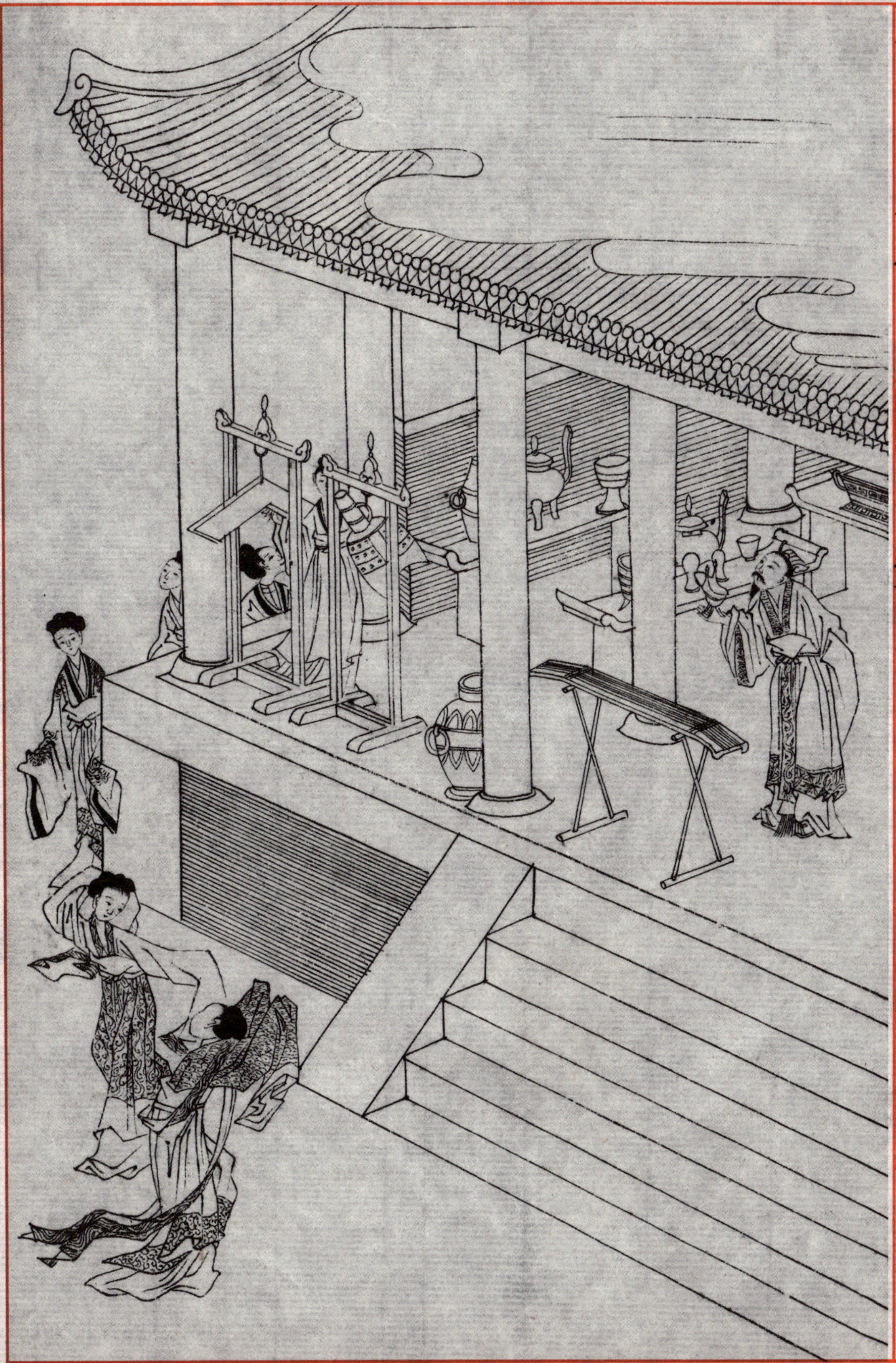

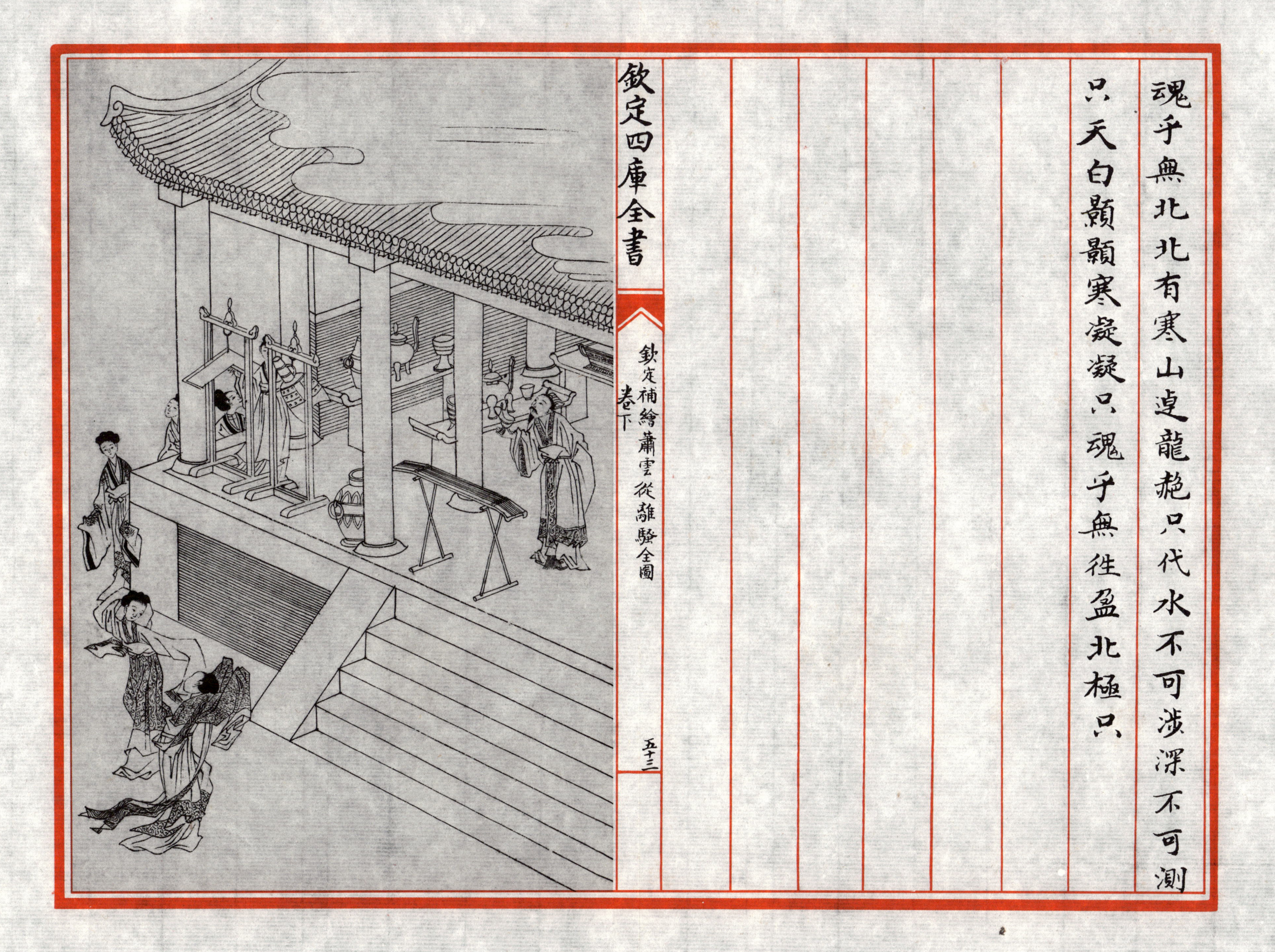

魂魄歸徠閒以靜只自恣荆楚安以定只逞志究欲心意安只窮身永樂年壽延只魂兮歸徠樂不可言只五穀六仞設菰粱只鼎臑盈望和致芳只内鶬鴿鵠味豺羹只魂乎歸徠恣所嘗只鮮蠵甘雞和楚酪只醢豚苦狗膾苴蓴只吳酸蒿蔞不沾薄只魂兮歸徠恣所擇只炙鴰烝鳧煔鶉敶只煎鰿臛雀遽爽存只魂乎歸徠麗以先只四酎并孰不澀嗌只清馨凍歓不歠役只吳醴白蘖和楚瀝只魂乎歸徠不遽惕只代秦鄭衛鳴竽張

只伏戲駕辯楚勞商只謳和揚阿趙簫倡只魂乎歸徠定空桑只二八接武投詩賦只叩鍾調磬娛人亂只四上競氣極聲變只魂乎歸徠聽歌譔只朱唇皓齒嫭以姱只比德好閒習以都只豐肉微骨調以娛只魂乎歸徠安以舒只嫮目未笑娥眉曼只容則秀雅穉朱顔只魂乎歸徠靜以安只姱修滂浩麗以佳只曾頰倚耳曲眉規只滂心綽態姣麗施只小腰秀頸若鮮卑只魂乎歸徠思怨移只易中利心以動作只粉白黛黑施芳澤

只長袂拂面善留客只魂乎歸徠以娛昔只青色直眉
美目婳只靨輔奇牙宜笑嘕只豐肉微骨體便娟只魂
乎歸徠恣所便只

夏屋廣大沙堂秀只南房小壇觀絶霤只曲屋步壛宜擾只騰駕步游獵春囿只瓊轂錯衡英華假只茝蘭桂樹鬱彌路只魂乎歸徠恣志慮只孔雀盈園畜鸞皇只鵾鴻羣晨雜鶖鶬只鴻鵠代遊曼鷫鷞只魂乎歸徠鳳皇翔只曼澤怡面血氣盛只永宜厥身保壽命只室家盈爵祿盛只魂乎歸徠居室定止

接徑千里出若雲只三圭重侯聽類神只察篤夭隱孤寡存只魂兮歸徠正始昆只田邑千畛人阜昌只美冒衆流德澤章只先威後文善美明只魂乎歸徠賞罰當只名聲若日照四海只德譽配天萬民理只北至幽陵南交趾只西薄羊腸東窮海只魂乎歸徠尚賢士只發政獻行禁苛暴只舉傑壓陛珠璣罷只直贏在位近禹麾只豪傑執政流澤施只魂乎歸徠國家為只雄雄赫赫天德明只三公穆穆登降堂只諸侯畢極立九卿只

昭質既設大侯張只執弓挾矢揖辭讓只魂乎歸徠尚三王只

九辯傳

九辯者楚大夫宋玉之所作也辯者變也謂敶道德以變說君也九者陽之數道之綱紀也故天有九星以正機地地有九州以成萬物人有九竅以通精明屈原懷忠貞之性而被讒邪傷君闇蔽國將危亡乃援天地之數列人形之要而作九歌九章之頌以諷諫懷王明已所言與天地合度可履而行也宋玉者屈原弟子也閔惜其師忠而放逐故作九辯以述其志至於漢興劉向王襃之徒咸悲其文依而作詞故號為楚詞亦承其九以立義焉

悲哉秋之為氣也蕭瑟兮草木搖落而變衰憭慄兮若在遠行登山臨水兮送將歸泬寥兮天高而氣清宊嵺兮收潦而水清憯悽增欷兮薄寒之中人愴怳懭悢兮去故而就新坎廩兮貧士失職而志不平廓落兮羇旅而無友生惆悵兮而私自憐燕翩翩其辭歸兮蟬宊漠而無聲鴈廱廱而南遊兮鵾雞啁哳而悲鳴獨申旦而不寐兮哀蟋蟀之宵征時亹亹而過中兮蹇淹留而無成

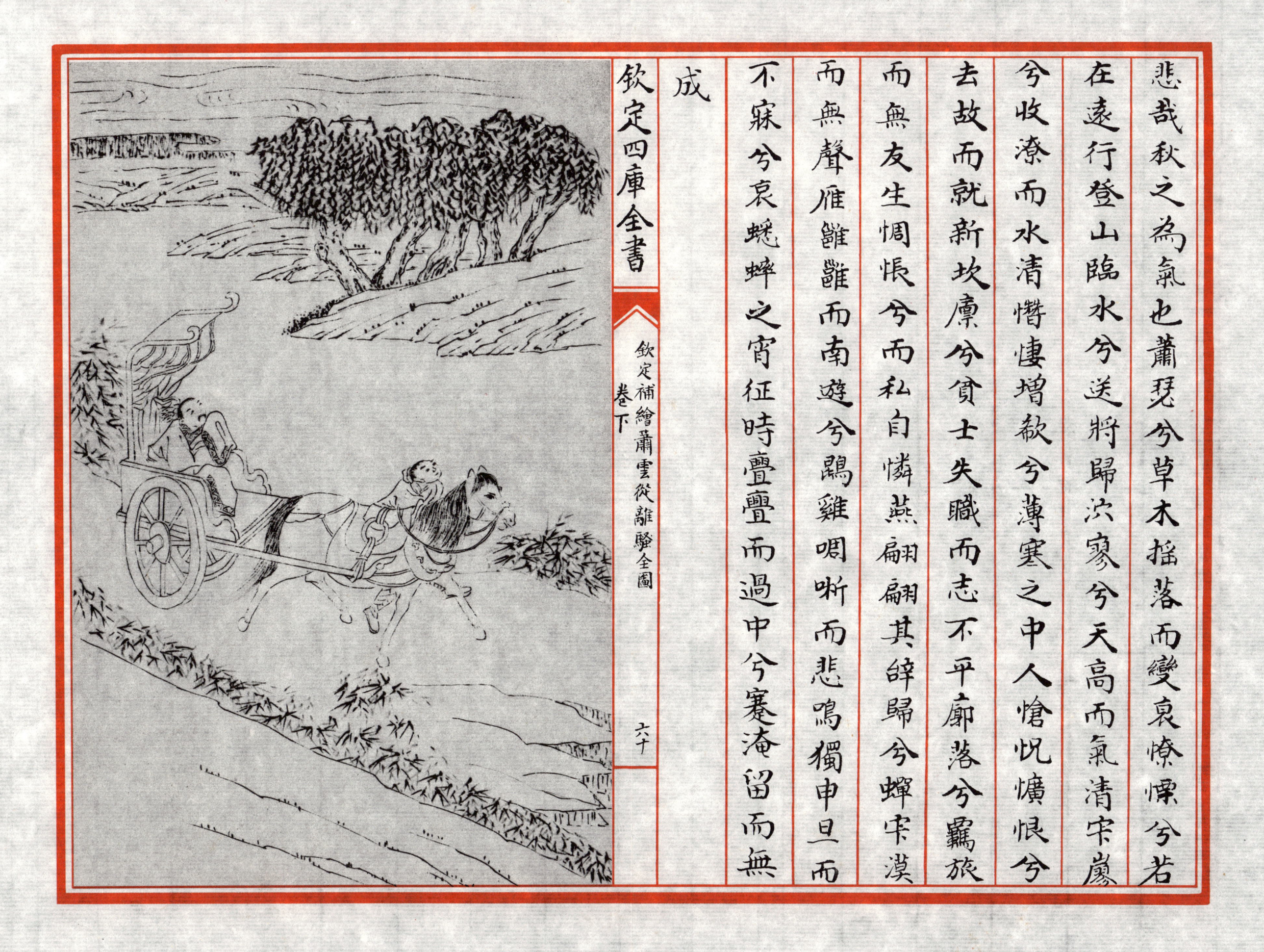

悲憂窮慼兮獨處廓有美一人兮心不繹去鄉離家兮
徠遠客超逍遥兮今焉薄專思君兮不可化君不知兮
可柰何蓄怨兮積思心煩憺兮忘食事願一見兮道余
意君之心兮與余異車既駕兮朅而歸不得見兮心傷
悲倚結軨兮長太息涕潺湲兮下霑軾忼慨絶兮不得
中瞀亂兮迷惑私自憐兮何極心怦怦兮諒直

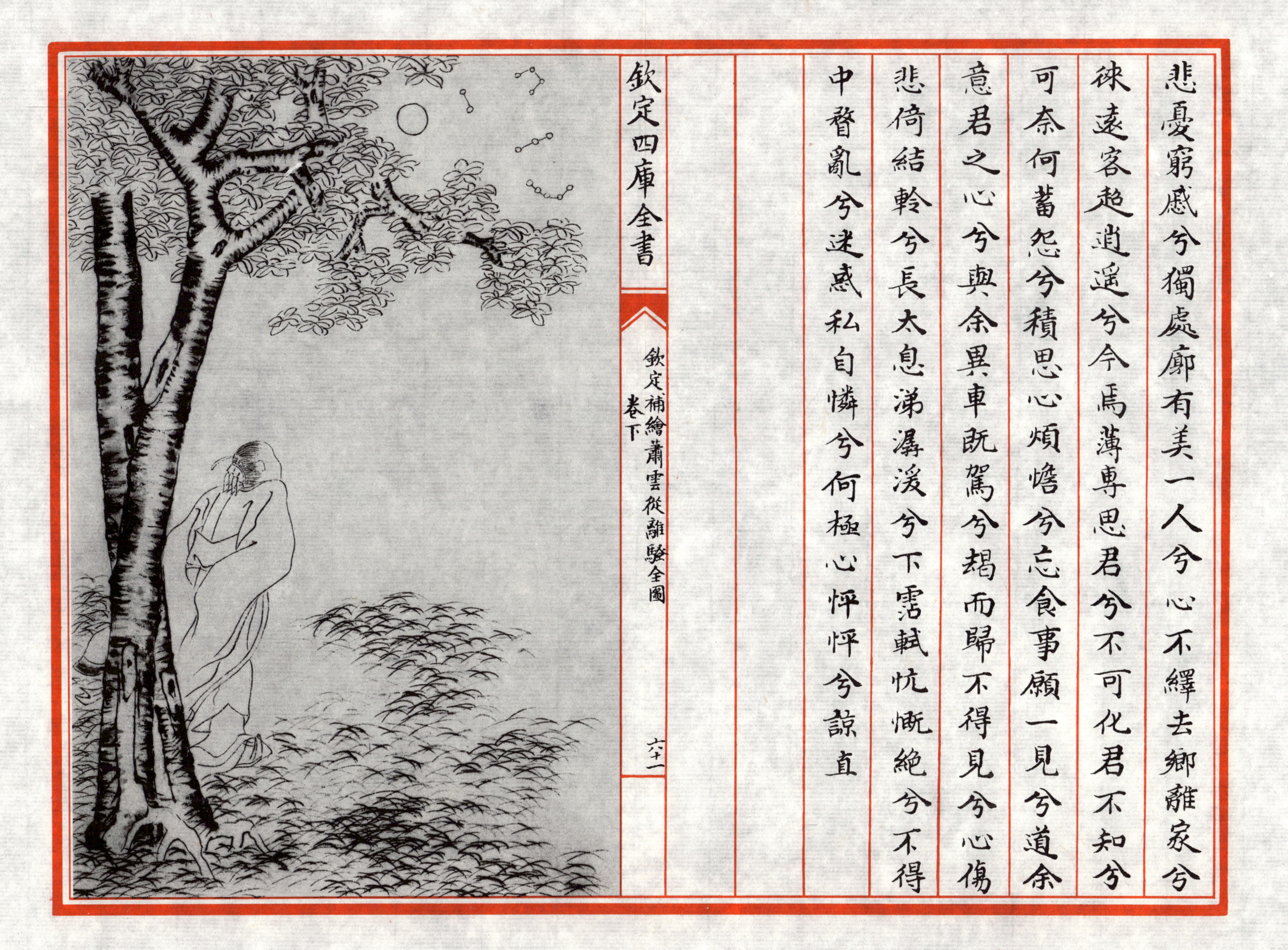

皇天平分四時兮竊獨悲此凜秋白露既下降百草兮奄離披此梧楸去白日之昭昭兮襲長夜之悠悠離芳藹之方壯兮余萎約而悲愁秋既先戒之以白露兮冬又申之以嚴霜收恢台之孟夏兮然欿傺而沈藏葉菸邑而無色兮枝煩挐而交橫顔淫溢而將罷兮柯彷彿而萎黄萷櫹槮之可哀兮形銷鑠而瘀傷惟其紛糅而將落兮恨其失時而無當擥騑轡而下節兮聊逍遥以相佯歲忽忽而遒盡兮恐余壽之弗將悼余生之不時兮逢此世之俇攘澹容與而獨倚兮蟋蟀鳴此西堂心怵惕而震盪兮何所憂之多方仰明月而歎息兮步列星而極明

竊悲夫蕙華之曾敷兮紛旖旎乎都房何曾華之無實兮從風雨而飛颺以為君獨服此蕙兮羌無以異於衆芳閔奇思之不通兮將去君而髙翔心閔憐之慘悽兮願一見而有明重無怨而生離兮中結軫而增傷豈不鬱陶而思君兮君之門以九重猛犬狺狺而迎吠兮關梁閉而不通皇天淫溢而秋霖兮后土何時而得漧塊獨守此無澤兮仰浮雲而永歎

何時俗之工巧兮背繩墨而改錯卻騏驥而不乘兮策駑駘而取路當世豈無騏驥兮誠莫之能善御見執轡者非其人兮故跼跳而遠去鳧鴈皆唼夫粱藻兮鳳愈飄翔而高舉圜鑿而方枘兮吾固知其鉏鋙而難入衆鳥皆有所登棲兮鳳獨惶惶而無所集願銜枚而無言兮嘗被君之渥洽太公九十乃顯榮兮誠未遇其匹合謂騏驥兮安歸謂鳳皇兮安棲變古易俗兮世衰今之相者兮舉肥騏驥伏匿而不見兮鳳皇高飛而不下鳥

獸猶知懷德兮何云賢士之不處驥不驟進而求服兮鳳亦不貪餧而忘食君棄遠而不察兮雖願忠其焉得欲寂寞而絕端兮竊不敢忘初之厚德獨悲愁其傷人兮馮鬱鬱其安極

霜露慘悽而交下兮心尚幸其弗濟霰雪雰糅其增加兮乃知遭命之將至願徼幸而有待兮泊莽莽兮與野草同死願自往而徑遊兮路壅絶而不通欲循道而平驅兮又未知其所徒然中路而迷惑兮自壓按而學誦性愚陋以褊淺兮信未達乎從容竊美申包胥之氣盛兮恐時世之不固何時俗之工巧兮滅規矩而改鑿獨耿介而不隨兮願慕先聖之遺教處濁世而顯榮兮非余心之所樂與其無義而有名兮寧窮處而守高食不

媮而為飽兮衣不苟而為溫竊慕詩人之遺風兮願託志乎素餐蹇充倔而無端兮泊莽莽而無垠無衣裘以禦冬兮恐溘死而不得見乎陽春

靚杪秋之遥夜兮心憭悷而有哀春秋逴逴而日高兮然惆悵而自悲四時遞來而卒歲兮陰陽不可與儷偕白日晼晚其將入兮明月銷鑠而減毁歲忽忽而遒盡兮老冉冉而愈弛心摇悦而日幸兮然怊悵而無冀中憯惻之悽愴兮長太息而增欷年洋洋以日往兮老嵺廓而無處事亹亹而覬進兮蹇淹留而躊躇

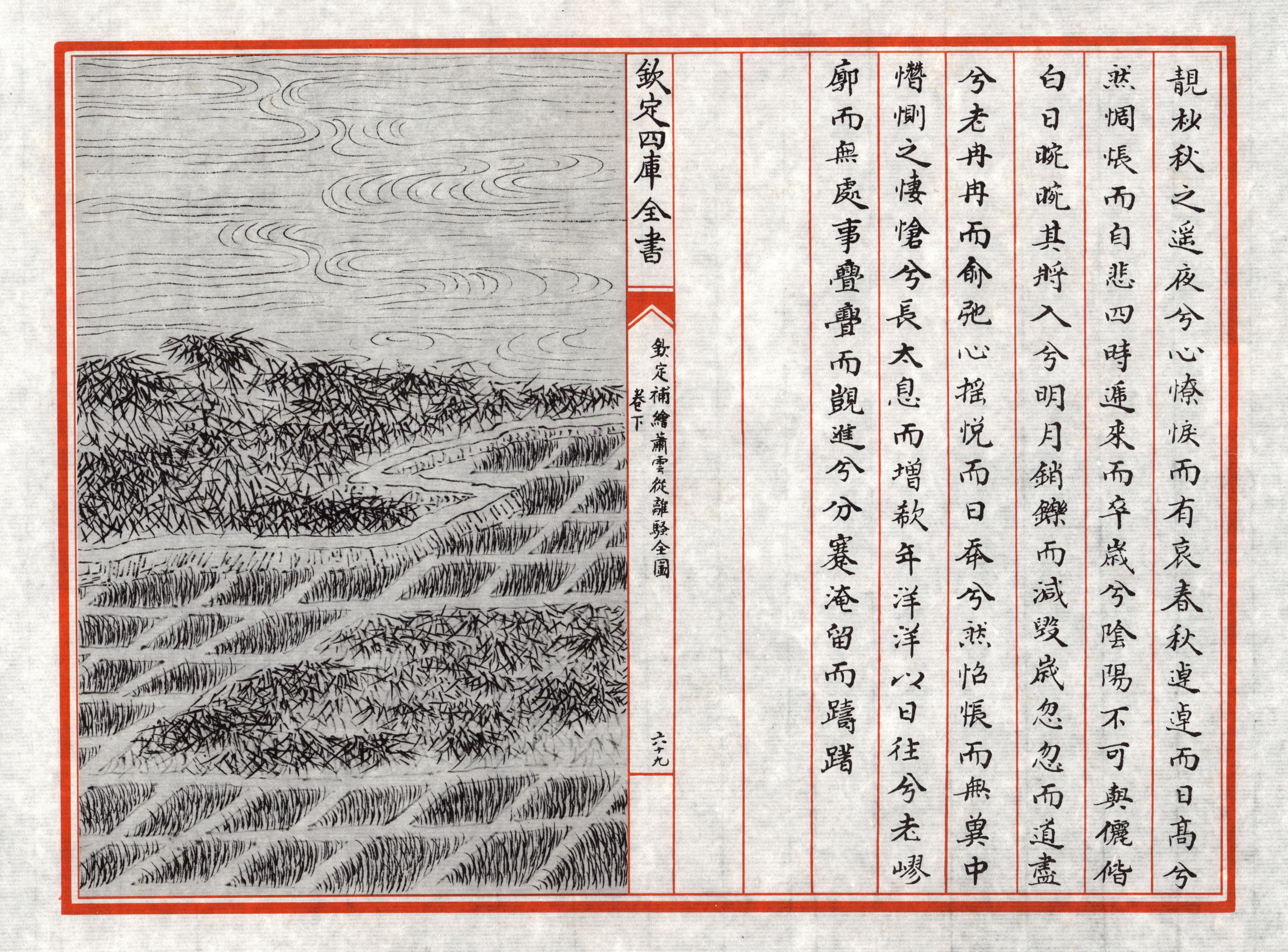

何氾濫之浮雲兮猋壅蔽此明月忠昭昭而願見兮然露曀而莫達願皓日之顯行兮雲濛濛而蔽之竊不自聊而願忠兮或黕點而汙之堯舜之抗行兮瞭冥冥而薄天何險巇之嫉妬兮被以不慈之偽名彼日月之照明兮尚黯黮而有瑕何況一國之事兮亦多端而膠加被荷裯之晏晏兮然潢洋而不可帶既驕美而伐武兮負左右之耿介憎慍惀之修美兮好夫人之慷慨衆踥蹀而日進兮美超遠而逾邁農夫輟耕而容與兮恐田

野之蕪穢事綿綿而多私兮竊悼後之危敗世雷同而炫燿兮何毀譽之昧昧今修飾而窺鏡兮後尚可以竄藏願寄言夫流星兮羌儵忽而難當卒壅蔽此浮雲兮暗漠而無光

堯舜皆有所舉任兮故高枕而自適諒無怨於天下兮心焉取此怵惕乘騏驥之瀏瀏兮馭安用夫強策諒城郭之不足恃兮雖介介之何益遭翼翼而無終兮忳惛惛而愁約生天地之若過兮功不成而無效願沈滯而無見兮尚欲布名乎天下然潢洋而不遇兮直怐愗而自苦莽洋洋而無極兮忽翱翔之焉薄國有驥而不知乘兮焉皇皇而更索甯戚謳於車下兮桓公聞而知之無伯樂之善相兮今誰使乎訾之罔流涕以聊慮兮惟

著意而得之紛純純之願忠兮妒被離而鄣之願賜不肖之軀而別離兮放遊志乎雲中乘精氣之摶摶兮騖諸神之湛湛驂白霓之習習兮歷羣靈之豐豐左朱雀之茇茇兮右蒼龍之躣躣屬雷師之闐闐兮通飛廉之衙衙前輕輬之鏘鏘兮後輜乘之從從載雲旗之委蛇兮扈屯騎之容容計專專之不可化兮願遂推而為臧賴皇天之厚德兮還及君之無恙

右江離　大葉芎藭也清芬似芹性能禦濕

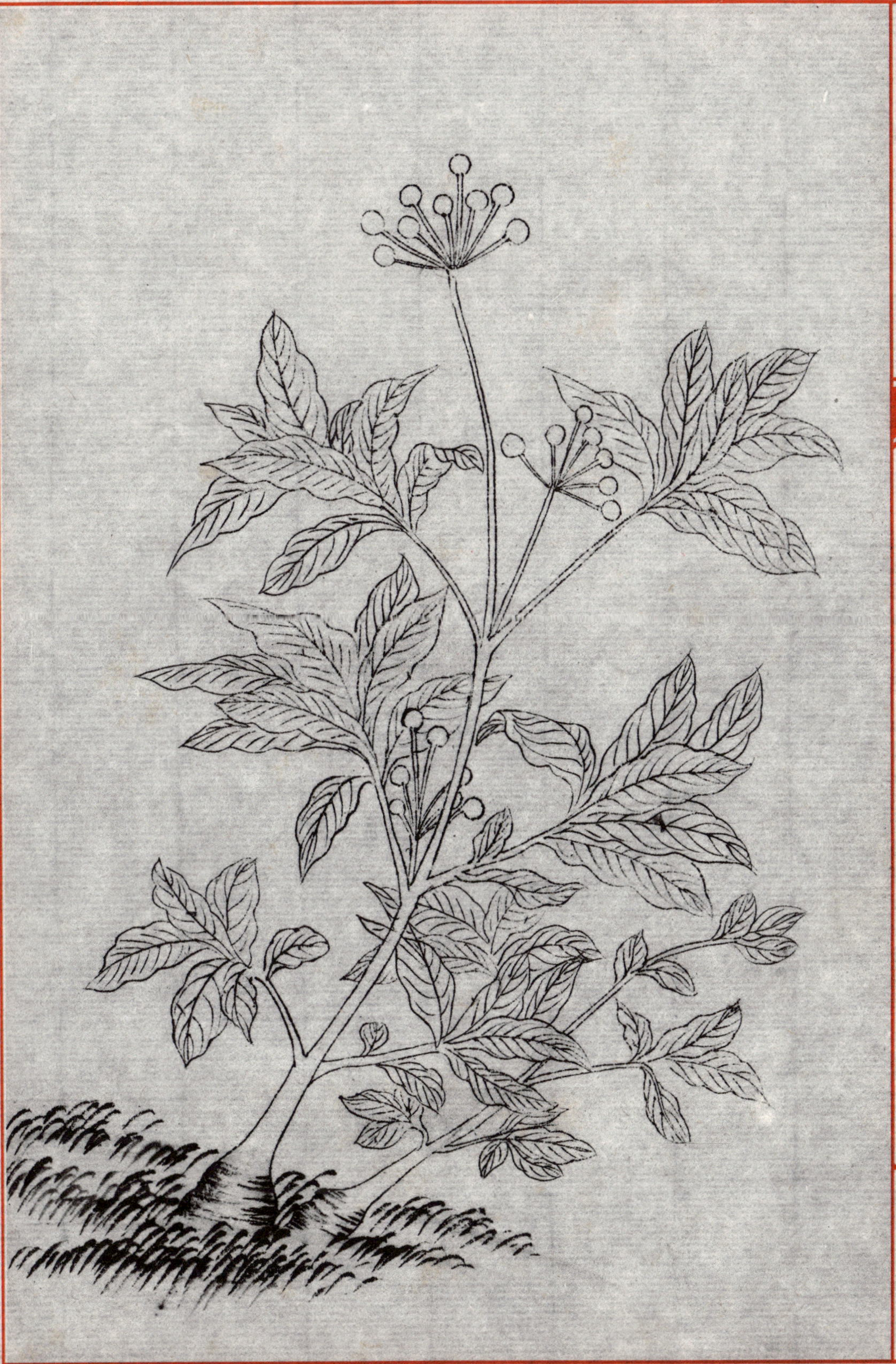

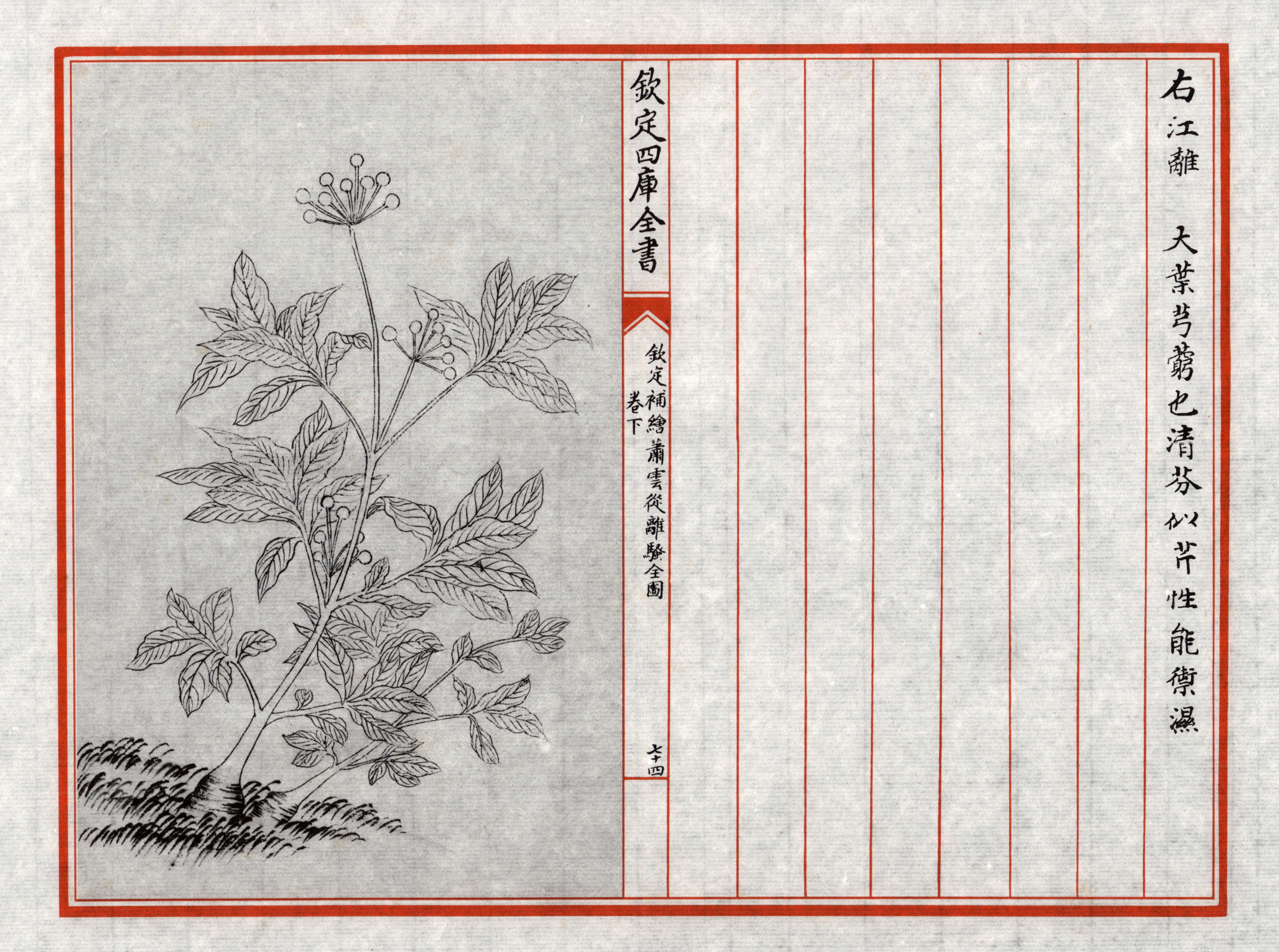

右芷　白芷也或謂之茝禮記所稱茝蘭是也其葉婆娑佩之可以辟惡

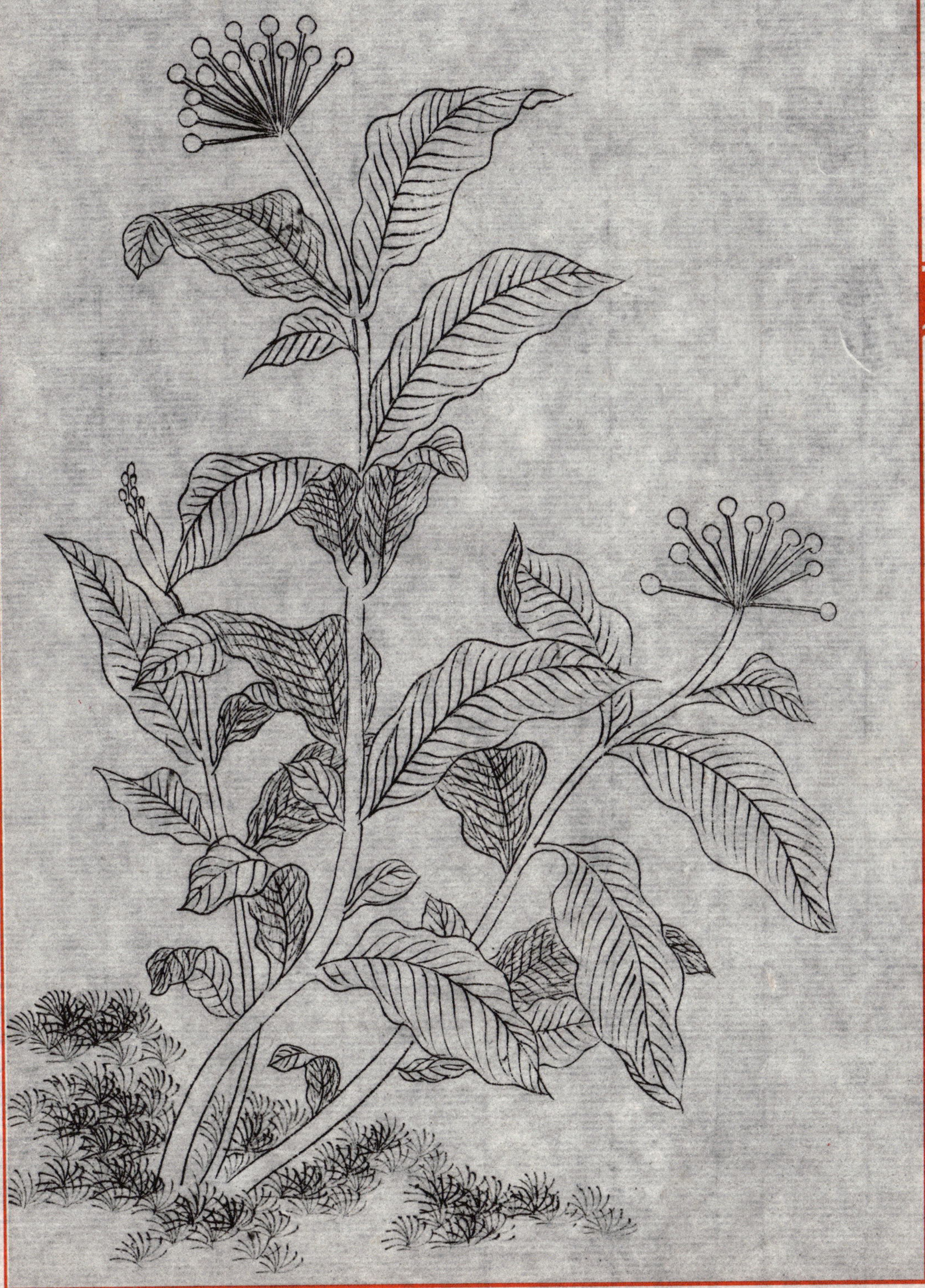

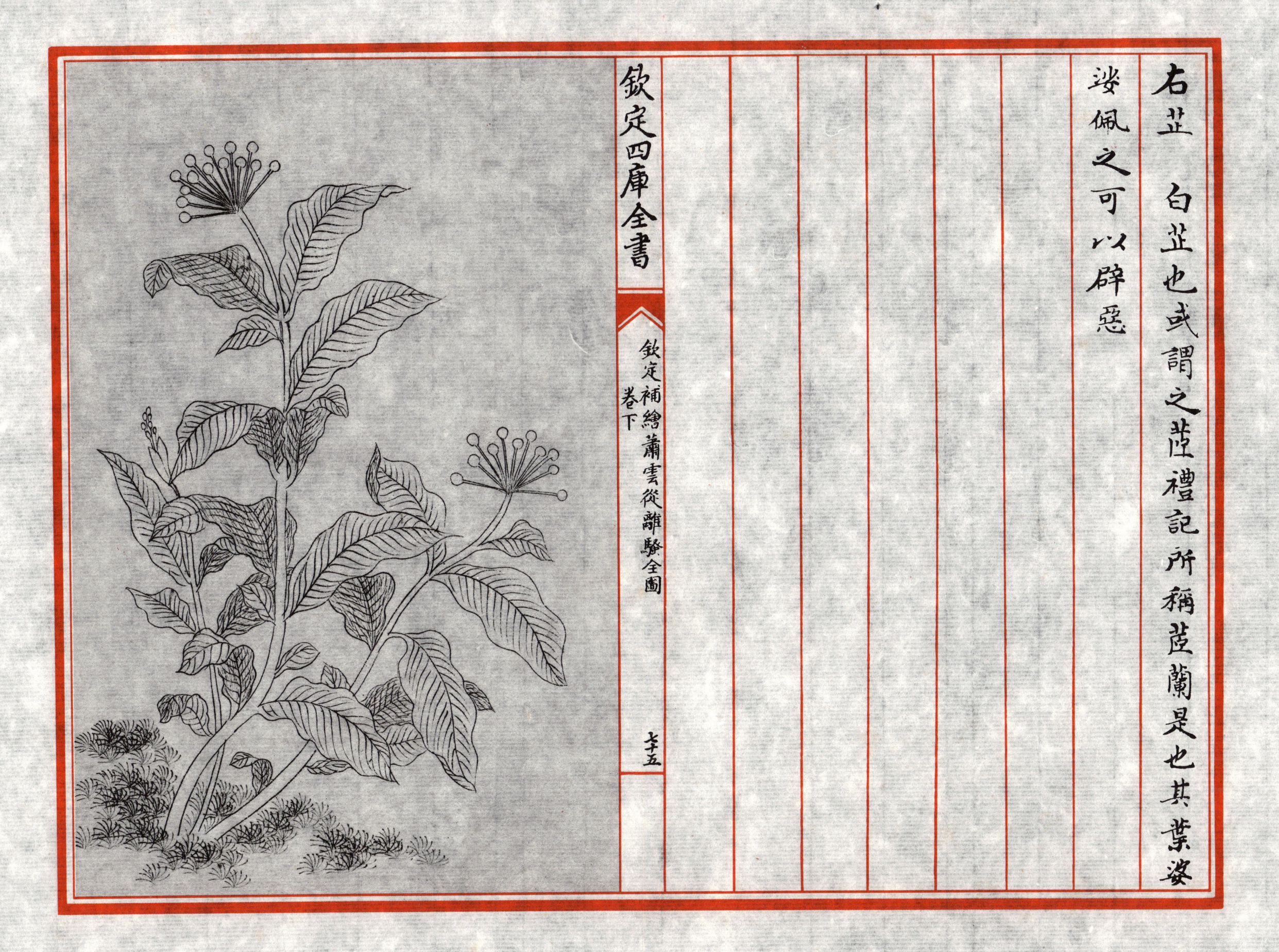

右秋蘭　澤蘭也生水中及下濕地方莖紫節七月始
花

右蕙　零陵香也春秋傳謂之薰莊子薰然慈仁謂之君子亦取此義

右蘭　都梁香也詩曰秉蕑夏小正曰畜蘭陸璣草木疏云蘭為王者香草其莖葉皆似澤蘭廣而長節節中赤高四五尺朱子楚詞辨証謂本草所言蘭似澤蘭今處處有之蕙則自為零陵香尤不難識大抵古所謂香草必其花葉皆香而燥濕不變故可刈而為佩若今所謂蘭蕙其花雖香而葉乃無氣其香雖美而質弱易萎非可刈而佩者也又王象晉正譌今世重建蘭北方尤為難致間得一本不啻拱璧及詳閱遯齋閑覽楚辭

辨證草木疏諸書乃知今所崇尚皆非靈均九畹故物至有謂春花為蘭秋花為蕙者其視紉秋蘭為佩之語不剌謬乎云云蓋世祇知重花而不知辨葉往往即以建蘭指為離騷之蘭自宋代以來畫家譌誤相沿習而不察朱子乃閩人豈不識其土產而反為之辨析如此亦可以釋人之惑矣

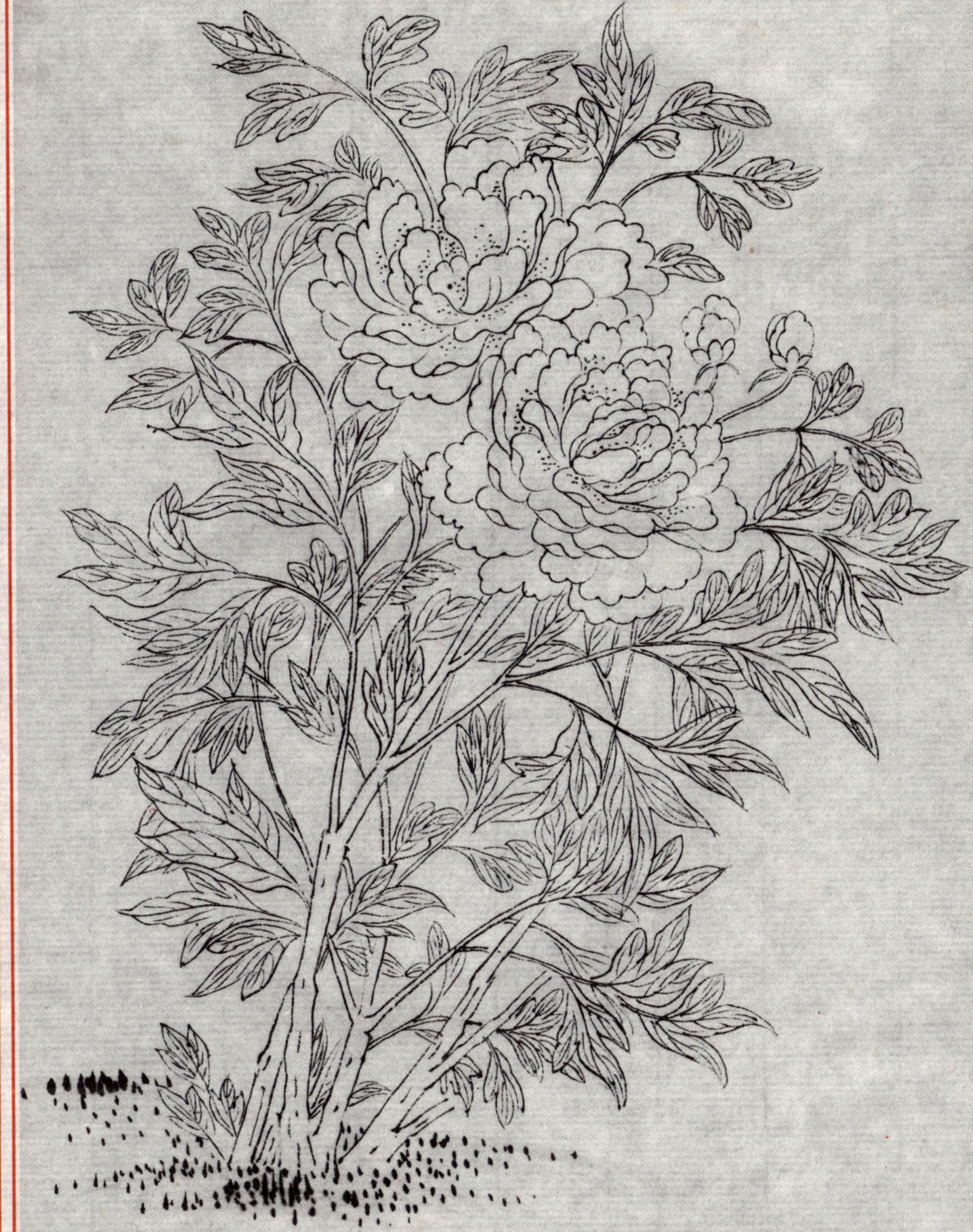

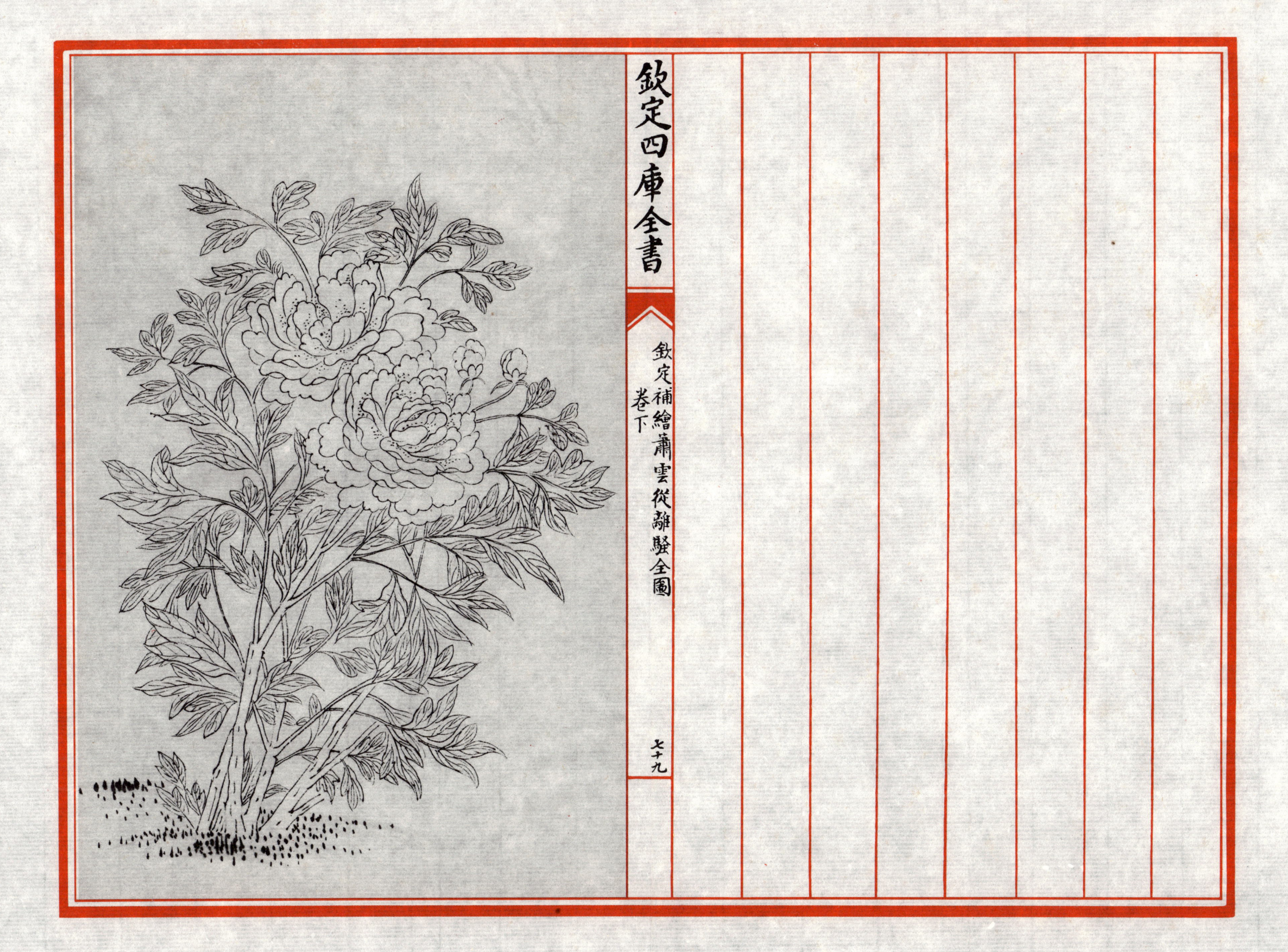

右留夷　詩所謂勺藥也山海經云洞庭之上多勺藥

右揭車　芞輿也生山谷中熏衣辟蛀厥用為多

右杜衡　爾雅謂之土鹵廣雅謂之楚蘅根類馬蹄又呼為馬蹄者

右菊　真菊與苦薏異其葉柔其花小神農書以菊為養生上藥

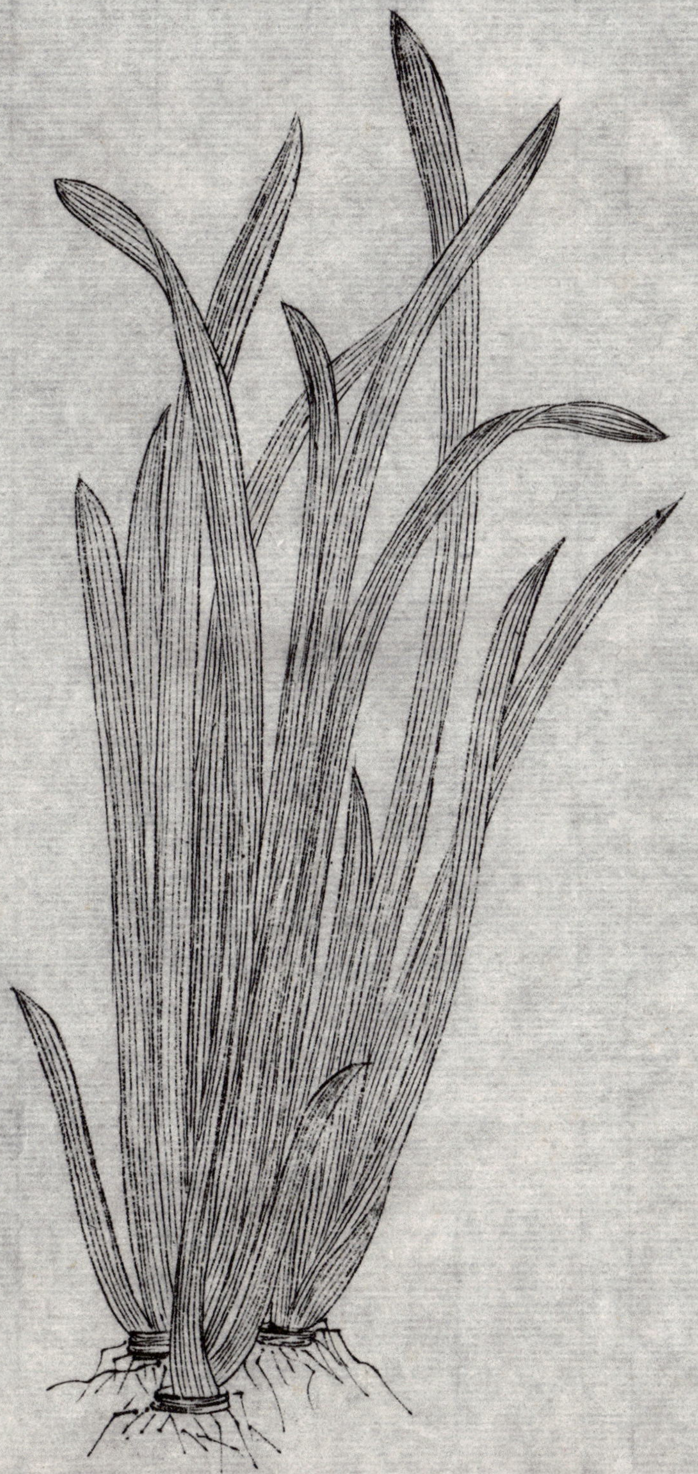

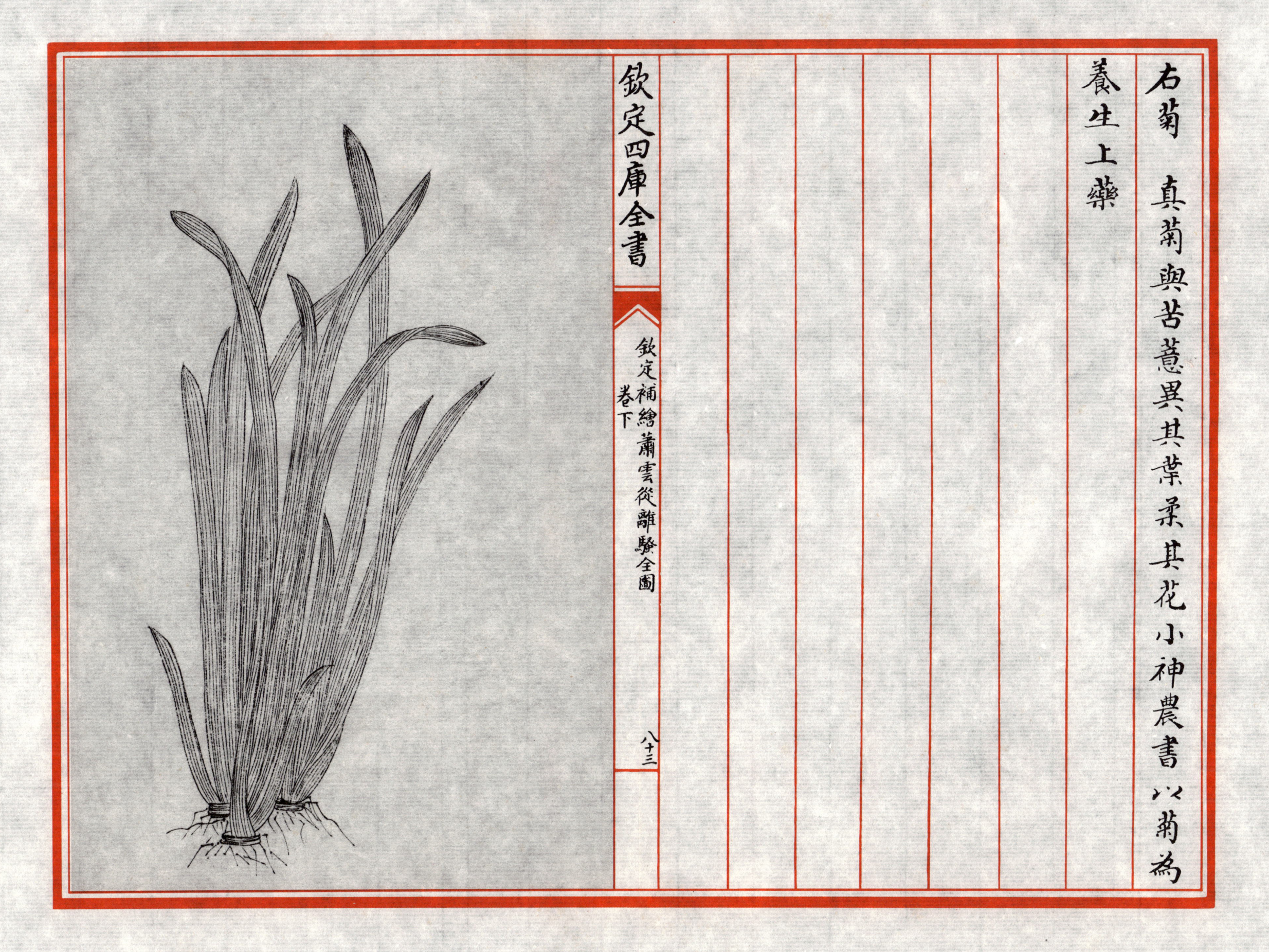

右荃　昌蒲之無劒脊者廣雅謂之昌陽或謂之堯韭

右蘼蕪　芎藭苗也生於五沃之土其葉小於江離

右杜若　葉似薑而有文理亦名良薑即今之高良薑

右蘋　似莎而大有青白二種白者取其香亦昭其潔也

右三秀　芝也一歲三華古稱瑞草

右薇　爾雅云薇垂水說文薇似藿莖葉氣味與豌豆
同

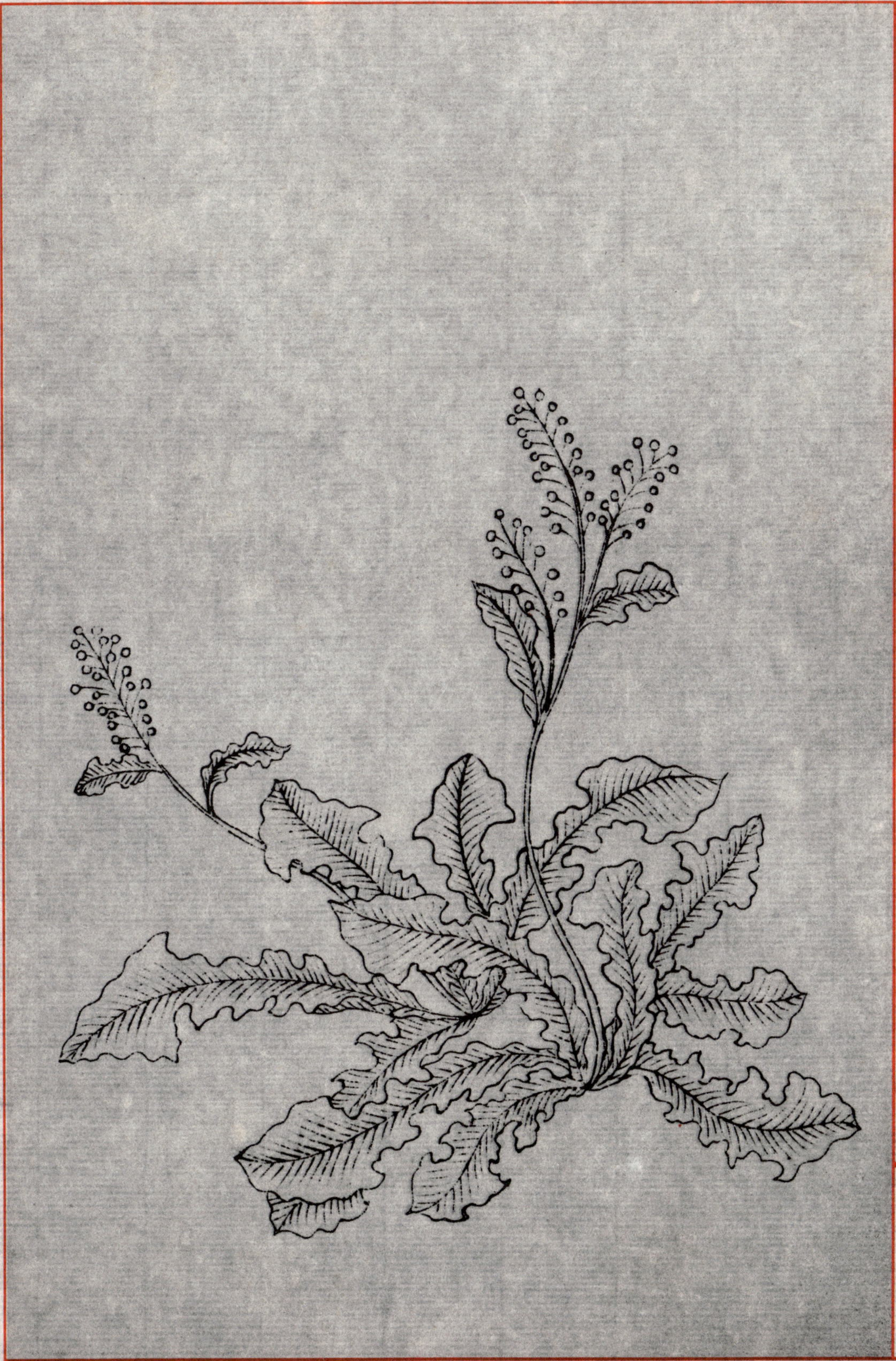

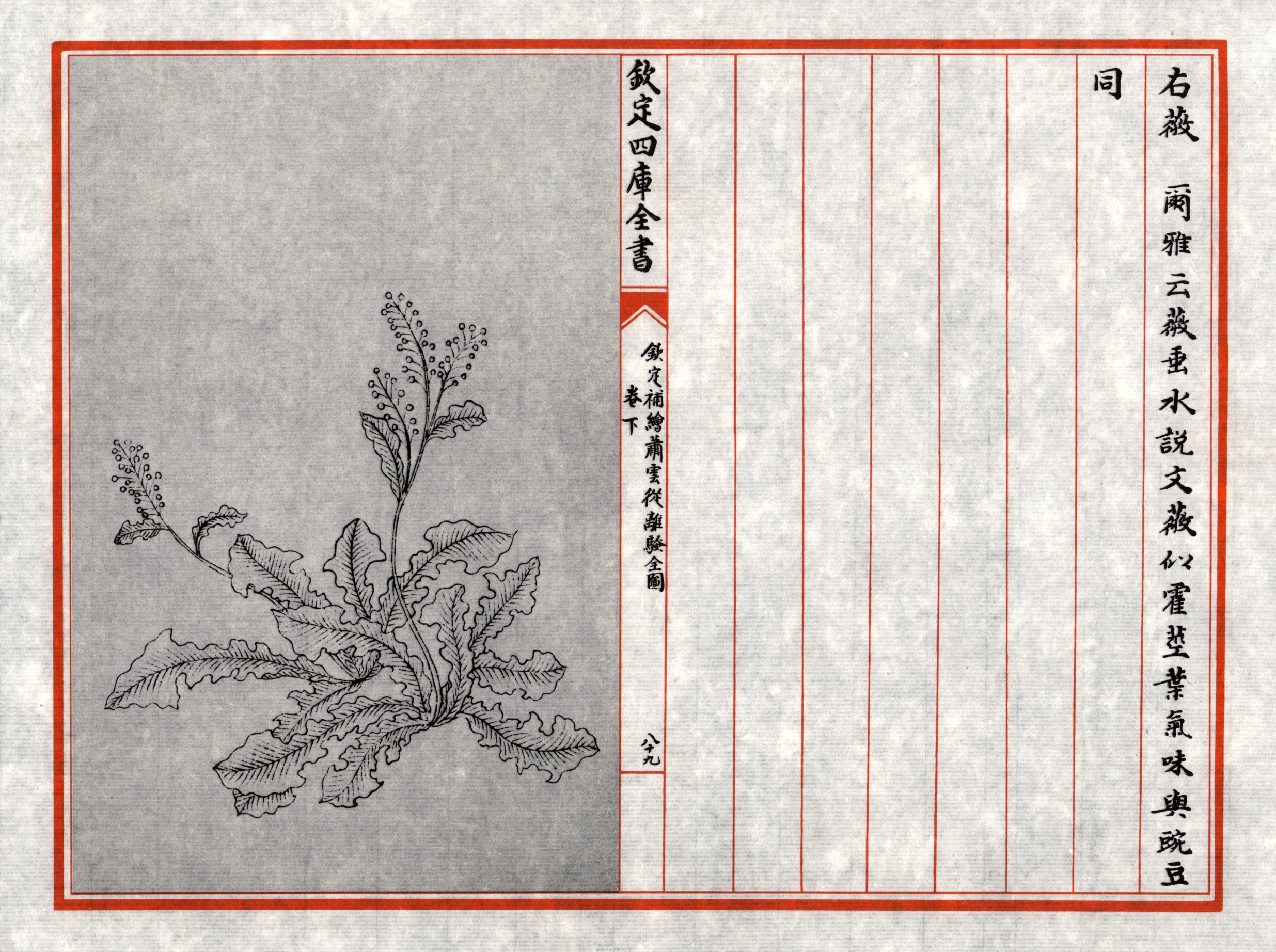

右薺　味甘師曠所謂歲欲豐甘草先生者是也

總校官候補中允臣王燕緒
校對官學錄臣謝登雋
謄錄監生臣韋協恭